잘 살고
싶은
마음이
어렵게
느껴질 때

일러두기

글의 느낌을 살리기 위해 사투리, 비속어 등 몇몇 표기는 수정하지 않았습니다. 소제목 중 '마지막 잎새'는 미국의 작가 O. 헨리가 쓴 단편소설 제목과 같습니다. '안개 바다 위의 방랑자'는 독일의 화가 카스파르 다비드 프리드리히가 그린 작품명과 같습니다.

잘 살고
싶은
마음이
어렵게
느껴질 때

우리 어떤 후회도
겁내지 말자

일홍 에세이

필름

귀찮은 일들 앞에선 줄곧

고개를 돌리고 숨어버렸습니다.

게으른 나를 부끄러워하면서도

나아지지 않는 내가 싫었습니다.

잔잔한 슬픔들은 뒤로 밀어두고 지냈어요.

나는 왜 이런 사람이 되어버린 걸까요.

혹시 당신에게도

들키기 싫은 마음이 있나요?

차례

Part 1

일이 뭐라고

Part 2

내 안에 오래도록 숨은 나

Part 3

누군가를 이해한다는 뜻

Part 4

모르고 싶은 날

Part 5

무엇도 되지 않았으므로

쏠쏠한 재미로

터져나갈 듯한 불안을 속였다.

온종일 나와 싸우는 것만으로도

하루는 빠르게 흘렀다.

일이 뭐라고

Part 1

이렇게 살면
안 되는데

언제부터였는지 모르겠다. 습관처럼 사는 책은 몇 페이지 읽다가 덮어버리고, 일어나서 잠들 때까지 마시는 아메리카노와 혼자 먹는 밥, 혼자 걷는 길, 시켜놓고 몇 달간 뜯지 않은 택배, 받아 놓고 열어보지 않은 생일선물 박스들. 이번 달도 무사히 낼 수 있을까 조마조마한 카드값과 바닥난 현금. '이렇게 살면 절대 성공할 수 없습니다.'라는 슬로건에 가장 적합한 삶.

얼마 전, 고등학교 동창이 결혼 소식을 알렸다. 나는 친구와 축의금을 얼마 내야 할지 고민했다.

"걘 너 돈 되게 잘 버는 줄 알아. 완전 성공한 줄 알던데."

"아, 또 그런 오해를."

백수와 프리랜서의 경계, 처음 만나는 사람들에게 내 소개를 할 때면 주춤하게 된다. 이 나이에 백수라고 하면 두 눈 동그랗게 뜰 테고, 일러스트레이터라고 하기엔 그림을 뛰어나게 잘 그리는 것도 아니며, 작가라고 하기엔 그만한 직업적 프라이드를 가지지 못했다. 스스로 떳떳하지 못할 땐 뭐든 자신이 없다. 그럴 때마다 어릴 적 한자 선생님께서 하신 말을 떠올린다.

"가수가 무슨 뜻이지?"

"노래 잘 부르는 사람이요."

"아니야, 가수라고 노래를 다 잘 부르는 건 아니잖아. 노래 가歌, 손 수手. 노래 부르는 걸 직업으로 삼는 사람을 가수라고 하는 거야."

그래, 그렇다면 나는 감성 일러스트레이터라고 할까. "전 감성 일러스트레이터 일홍입니다." 장난스러운 표정으로 뻔뻔하게 소개하곤 했다. 그렇게 밀고 나간 글과 그림(예컨대 당신은 다 잘할 수 있어요, 라는 문장을 내세운 그림) 뒤에는 흐리멍덩한 눈으로 세상을 바라보는 내가 있었고, 배달 음식같이 쓸데없는 데에 돈을 쓰느라 작업실 월세 내기에도 빠듯한 내가 있었다.

커다란 전광판에 내 사진과 그림이 걸릴 때, 대형 서점 베스트셀러 매대에 내 책이 진열되었을 때, 남들 일하는 날 자유롭게 여행을 떠날 때, 몇몇 친구들은 나를 멋지다고 여겼고 종종 부러워했다. 내가 텅 빈 통장이나 늘어나는 주름, 칙칙한 다크서클을 사진으로 찍어 올리지 않으니 누구도 모를 일이었다. 감성 일러스트레이터 일홍, 그 이름 뒤에 숨어서 지질한 삶을 살아갔다. 이렇게 살면 안 되는 걸 알면서도.

어디에도 묶여있지 않으니 언제나 편히 전화하는 친구들 덕에 내 하루는 외로울 틈이 없었다. 일어나고 싶을 때 일어나고 자고 싶을 때 잠드는 자유로운 삶. 그 속에서도 나만의 규칙을 찾고 자유에 종속된 불안을 억누른다. 노력해야만 보통의 삶이라도 유지할 수 있는 인생이 지긋지긋해도 다이어리를 펼쳐 하루의 계획을 세우고 마음을 다잡기 위해 애썼다. 월세와 카드값을 내야 했고 맛있는 것도 먹어야 하고, 훗날 더 편하게 살려면 참고 움직여야 하는 건 당연지사였다. 나의 행로를 응원하는 사람들의 기대에 부응하고 싶은 욕망도 있었겠지.

굳은 의지를 다지다가도 휴대폰을 물에 담근 채 혼자 사라지고 싶은 마음이 들 때가 온다. 나는 그 엉망인 기분에 오래 잠식되지 않으려 밖으로 나선다. 낮엔 작업실 옆에 있는 등산로를 따라 등산을 하거나 자전거를 타고 내리막길을 달린다. 밤엔 이어폰을 끼고 주변을 산책하다 발견한 무인 아이스크림 가게에서 아이스크림을 사 먹으며 터벅터벅 돌아온다. 최근엔 씨앗 호떡을 파는 곳이 생겼길래 속으로 찜해놨다. 그런 쏠쏠한 재미로 터져나갈 듯한 불안을 속였다.

이렇게 온종일 나와 싸우는 것만으로도 하루는 빠르게 흘렀다. 현상 유지도 벅찼으니 외부로 뻗어 나갈 감정은 자연히 줄어갔다. 슬픈 영화를 보고 눈물을 흘리는 사람들이 신기해졌고 인간관계 때문에 스트레스에 시달리는 사람들이 신기했다. 사랑하는 애인 때문에 서럽게 우는 친구들이, 어딜 가나 말을 잘하고 뭐든 분명한 사람들이 신기했다. 어떻게 해야 잘 살 수 있을지 알면서도 제대로 행하지 않는 내가 참 신기했다.

늘 어딘가 잘못되고 있다는 걸 느꼈지만, 주어진 현실 그 이상을 해내는 것이 두려워졌고, 도전하고 부딪힐 때 필요한 노력도 기피하게 됐다. 안주하면 안 되는 걸 알면서 안주했고 달려야 한다는 걸 알면서도 누워버렸다.

분명 기뻐야 하는데
기쁘지 않았다.

BEST SELLER
보여지는 모습이 부풀수록

마음은 더
초라하고
가난해졌다.

요즘 좋아보이더라~
자유로워 보여 부럽다...
이번에 돈 좀 벌었겠다?
항상 잘보고 있어~
너무 너무 멋있어♡
최고야!! 자랑스러워!

언제나 부끄러웠다.
이렇게 보잘것없는 인간인 걸 들킬까

이마저도 사라지지 않을까
두렵고
불안했다.

블 라 인 드

전날 엉엉 울고도 태연히 회사로 출근하는 직원처럼, 그와 헤어진 밤에도 멀쩡히 사랑을 그렸다. 장례식장 구석에서 검은 상복을 입고는 SNS에 출간 소식을 알렸고, 사람들에게 축하를 받았다. 옥상에 서서 조용히 아래를 바라보다가도 남은 외주를 마무리하러 내려갔다. 클라이언트에게 메일을 보낸 후, 컴퓨터를 켜둔 채 그대로 누웠다. 컴컴한 작업실 밖으로 울창해지는 플라타너스를 보면 함께 자라는 기분이 든다. 저 나무는 여름마다 무자비하게 잘렸다. 전깃줄 때문인지 꽃가루 때문인지 모르겠다. 자라던 마음이 멈춘다.

오랫동안 글을 쓴 오빠는 출판사를 차렸다. 언젠

가 자기가 쓰고 싶은 글을 쓸 거라 했다. 몇 권의 책을 낸 친구는 이제야 원하는 글을 쓰기 시작했다. 그들이 말하는 원하는 글, 아마도 사람들의 반응을 신경 쓰지 않고 풀어낸 글이겠다. 누군가 좋아해 주지 않더라도 아껴둔 마음을 가감 없이 쓰는 거겠다. 너무 아끼고 아껴서 쉽게 내놓을 수 없었던 이야기들이겠다.

SNS 작가들 대부분은 팔로우와 좋아요 숫자 앞에서 자유로울 수 없다. 독자는 곧 소비자였고, 독자가 없는 계정은 파리 날리는 카페와 같았다. 음악으로 치면 멜론 top100이 되기 위함이었다. 유명해져야 똥을 싸도 박수를 쳐준다니까, 자유로워지기 위한 과정을 견디는 일이었다. 그 속에서 우리는 쓰지 못하게 될 때까지 쓰겠다는 꿈을 저마다 품고 있다.

행복한 일을 꾸준히 하며 사는 게 멋진 거랬다. 굳은 신념을 가지고 사랑하는 일을 좇아가는 삶. 나는 그러지 못했다. 사랑하는 일에 내게 없는 문장을 담았다. 나와는 다른 형태의 사랑과 위로와 슬픔을 전했다. 그래야만 사람들이 좋아해 줄 거라 생각했고, 실제로도 그랬다. 얼굴을 반으로 나누어 사는 일. 이게 맞는 건가 싶다가도 이게 최선이었다, 라고 합리화하면 마음이 편해진다. 들키기 싫어하는 사람이 들켜야만 하는 일을 했던 것이다.

관종이라는 말을 한 귀로 흘러내며 묵묵히 존재를 내밀었다. 훌륭한 작가가 되고 싶었는데, 나는 내 걸 한시도 아끼지 않았으며, 내 그림은 작품이 아니라 상품 같았다. 작은 휴대폰 화면 안으로 보이는 작가는 사랑이 깊은 사람이었지만, 나는 아직도 사랑을 모른다. 장난기 많은 친구 하나는 내 SNS를 보고 사랑에 미친 작가라던데, 난 고작 아끼는 사람들을 멀리서 사랑할 줄 알 뿐이었다. 오래 알고 지낸 동생은 내가 멋진 사람인 줄 알았다던데, 그 말을 듣곤 함부로 환상을 갖는 눈빛에서 도망치게 되었다.

공장에서 찍어내듯 글을 썼고 그 속에선 내가 자주 사라졌다. 내가 원하는 건 나중에, 더 나중에. 그러다 나를 잃어버리게 될 줄은 몰랐던 거다. 흐려진 나를, 안으로 숨어든 나를 묵인했다. 일홍이라는 작가에게 하는 칭찬은 내가 받을 수 없는 칭찬이었고, 내게 건네는 감사 앞에서 고개를 숙일 수밖에 없었다. 숨어서 그려낸 것들은 결국 밑천이 드러나 진부해질 수밖에 없었으니 나를 찾는 사람들은 점점 줄었고, 세상도 더는 예전처럼 클리셰를 원하지 않았다. 나는 이 부끄러움을 열어내야만 했다. 가둔 나를 찾고 드러내야 했다.

위로가 필요하지 않았는데 "힘내세요."라는 댓글이 달릴 때. 위로가 필요했는데 "네가 부럽다."라는 말을 들을 때. 나는 한 것이 없는데 "작가님 덕분에 살아낼 수 있었어요."라는 메시지를 받을 때. 나는 평온한데 이 작가는 우울한 사람이냐는 질문을 전해 들을 때. 일홍과 정지은이 오버랩되는 바깥의 시선을 견뎌야만 했다. 내가 저질러놓은 문장들을 감당해야만 했다.

나는 나조차도 공감하지 못하는 문장을 자주 적었다. 그걸 읽고 공감한다고 말하던 사람들, 팬이라며 응원해 주던 독자들. 나와 그들을 속이는 듯한 수치스럽고 부끄러운 기분은 하루도 거르지 않고 나를 괴롭혔다. 분명 잘못되고 있음을 느꼈다. 이제라도 돌이킬 수 있을까. 이제라도 당당해질 수 있을까. 지금부터라도 나를 드러낼 수 있을까. 매번 방황하던 내게 친구는 말했다.

"난 일홍이 쓴 글보단 지은이가 쓴 글이 더 좋아."
그게 너무나도 감사하고 슬픈 말이어서.

지나온 날들이 온통 쏟아져 내렸다.

알량한 소망 뒤엔
부서진 우리만 남았네

우리는 삶의 하이라이트가 담긴 사진을 SNS에 노출한다. 사소한 일상이나 책의 한 구절이 담겼을지라도 매한가지다. 일거수일투족을 나열할 수는 없으니 장식하고 싶은 장면을 골라 진열해둔다. 그곳엔 개개인의 취향이나 특성, 혹은 미세한 결핍이 드러난다. 보이는 게 전부가 아니라는 것은 모두가 아는 사실이지만, 평소 동경하던 것을 목격했을 땐 잠시나마 부럽고 경이로운 마음이 드는 건 어쩔 수 없다. 각자의 개성을 중요시하는 사회에 이르렀으나, 여전히 아름다운 것은 눈길을 끌고 멋진 사람이 찬사를 더 받는 건 바뀌지 않았으므로.

가령, 다른 사람과 비교하지 말고 어제의 나와 비

교하라거나, 나 자신을 사랑하고 받아들여야 한다고 떠들어대는 말을 아무리 주입시켜도 다시 원점으로 돌아오기 마련이었다.

그런 글을 무수히 적었던 나조차도 별반 다를 바 없었다.

못난 나를 사랑하라고? 도리어 반발심이 들었다. "너무 애쓰며 살지 않아도 돼." "괜찮아." 내겐 가장 부질없는 말이었다. 내 인생 대신 살아줄 것도 아니면서, 헐렁하게 살다가 어그러지면 모두 내 탓인데, 책임질 수 없는 말을 뱉는다고 여겼다. 하루는 누구도 신경 쓰이지 않을 만큼 떳떳했다가, 하루는 모두가 신경 쓰일 만큼 주눅이 들었다. 나 또한 별의별 사람들 속에 섞여 사는 한 명의 타인에 불과했기 때문이다. 세상이 원하는 것은 분명했다. 원하는 걸 가진 사람이었다.

웃는 곳과 숨을 참는 곳이 선명히 나누어질수록

내겐 아주 자세한 비밀이 생겨날 수밖에 없었다. 구름은 제각기 흩어지고 계절은 흐르는데, 나는 계속 제자리에 머무르는 듯했다. 다 자란 몸으로 그림자만 불어났다. 모든 걸 아낄 것처럼 하다가도 문을 닫고 안으로 숨어들었다. 아무것도 신경 쓰고 싶지 않았다. 내 할 일이나 잘하자고, 그들은 그들이고 나는 나라는 일념은 이내 유약해졌다. 사회가 어떻게 굴러가는지 누가 누군지 내가 무엇인지 아무것도 모르는 사람이 되고 싶은, 그런 날들이 종종 있었다.

지도에 없는 길

엄마는 나를 걱정한다. 요즘은 무슨 일을 하는지, 혼자서 저녁은 무얼 먹었는지, 돈이 되는 일이 좀 있는지 묻는다. 그림을 그리고 글을 쓰며 프리랜서로 살아가는 건, 내일 당장 백수가 되어도 이상하지 않은 일이었다. 그러나 수입이 없어도 직업을 잃지 않을 수는 있었다. 이번 달에 천만 원을 벌어도 다음 달엔 십만 원을 벌지 모를 일이었고, 발전하는 세상과 치고 올라오는 사람들 사이에서 홀로 허우적대는 일이었다.

정해진 월급과 규율, 평일과 주말의 경계 없이 자유롭고 적막했다. 아무도 시키지 않은 일을 벌이다 포기한들 누구도 나무라지 않았다. 손님 없는 식당

이 되었다가, 전단지를 돌리는 거리가 되었다가, 인산인해한 이벤트장이 되었다. 새벽부터 높은 산을 오르듯 숨이 차기도 했고, 사막 한가운데서 길을 잃기도 했다.

고민과 선택엔 혼자만의 책임이 뒤따랐으며 무력을 느껴 멈춘 사이에 사람들은 길을 건너고 있었다. 나도 이 길을 건너야 할지 말아야 할지 물어볼 사람도 알아낼 곳도 없었다. 낭만을 좇다가 현실과 타협하고, 현실을 따르다가 나를 잃기도 했다. 언젠간 터질 듯한 풍선을 잡고 하늘을 떠다니는 기분으로, 한쪽 손엔 희망과 믿음을 쥔 채 다리를 힘껏 움직였다.

혼자서 집을 짓고 잠을 자고 텃밭을 가꾸며 땅을 넓히는 동안, 엄마는 이제라도 취업을 하는 게 어떻겠냐며 걱정했다. 원래 먹고사는 건 다 똑같다는 대답을 늘어놓았지만, 사실 우리는 자주 다른 길을 찾는다. 십 년간 아르바이트를 하며 음악만 했던 친구도, 기껏 재수까지 해서 미대를 졸업한 친구도, 연기를 놓지 않으려 생을 유지하던 언니도, 수십만 권이

팔린 베스트셀러를 쓴 동생도 그랬다. 목표했던 게 상실되면 강 위에 둥둥 떠서 아득바득 살아가는 꼴이 되었으므로.

불안하면 도전할 수 없고 우울하면 지속할 수 없으니, 누가 알아주지 않아도 홀로 힘을 길러야 했다. 갖가지 방법으로 견디고 일어서면서, 꼬리를 자르고 단순해지기도 하면서. 쏟아지는 구슬과 뒤섞인 손처럼 방황하더라도 날아가지 않고 처연히 흔들릴 수 있도록.

지금이 어디인지 혼란해도 피로와 권태를 이겨낼 수 있었고, 태풍이 몰아쳐도 힘을 주고 버틸 수 있었던 건, 이곳에서의 내가 가장 선명하기 때문이었다. 남모를 불안과 고독 속에서도 살아가는 이유와 행복을 밀접하게 느낄 수 있었고, 이방인의 심정이 이어져도 이미 마음 한 곳엔 튼튼한 집이 지어져 있기 때문이었다.

진정한 해방이란

분명 자유로워 보이는 삶을 살면서도 자유를 갈망했습니다. 그래서인지 내 그림엔 창문이 많습니다. 나비와 새처럼 하늘을 날거나 물속을 유영하는 것들도 자주 그려냅니다. 완성하고 나면 조금 숨이 트였습니다.

종종 닿지 않는 곳에 나를 훽 버려두고 오고 싶었습니다. 목 안으로 밀어 넣은 생각들은 신발 속 모래를 털 듯 쉽게 뱉어지진 않았으나, 손상된 나를 그대로 방치하긴 쉬웠습니다. 그것은 모두 지난 기억과 착상으로 남았고 나는 줄곧 뒤엉킨 자신을 원망했습니다.

그럼 더 슬퍼야 할 텐데, 이미 말라버려서 텅 빈 것 같았습니다. 그럼 더 가벼워야 할 텐데, 갈수록 무지근한 통증이 느껴졌습니다.

나를 한 줌씩 버리며 버텨왔다고 생각했는데, 나는 무엇도 놓아주지 못하고 숨을 참으며 지냈다는 걸 느낍니다. 그러니 포화된 시선에 무엇이 담겼을까요. 담기 위해선 비워낼 줄 알아야 하고, 비워내기 위해선 잠시 멈추어 놓아줄 용기가 필요한 법인데. 나는 지나치게 숨기고 지나치게 솔직해질 위험을 다스리는 데에만 온 힘을 썼습니다. 흔들리는 중심을 잡는 데에만 모든 체력을 소진한 겁니다.

펭귄과 타조는 날개가 있지만 날 수 없습니다. 펭귄은 헤엄칠 때 지느러미로 쓰고 타조는 달릴 때 날개로 균형을 잡습니다. 다른 새들처럼 하늘에 뜰 수 없는 대신, 더 깊이 헤엄치고 더욱 먼 곳을 바라볼 수 있죠. 나도 스스로 하늘을 날지 못하니 훨훨 나는 새들을 보며 자유를 소망했습니다. 발밑에 날개가 있었다는 걸 모르고 자꾸 고개를 들었던 것입니다.

이리저리 흐트러지고 불분명한, 산란하고 균열된 나를 한자리에 모아놓는 기분은 조용히 즐겁습니다. 나를 구체적으로 사랑하고 온전히 허락하는 시간입니다. 발목에 모래가 튀어도, 내놓을 곳 없는 이야기들이 입 속에 한 움큼 차 있어도, 마주한 나와 악수하고 실패할 자유를 가지는 것만큼 든든한 게 있을까요. 불온하게 엉킨 인간을 하나씩 풀어내고 감싸주며 장엄한 화음을 이루는 것만큼 자유로운 게 있을까요.

내게 근사한 아포리즘은 없지만 이런 생각이 듭니다. 갑갑한 일상에서의 자유란, 며칠의 여행처럼 도망치듯 떠나는 것이 아니라, 백화점에서 마음껏 쇼핑할 수 있는 여유가 아니라, 통제와 제약, 규율 속에서도 내가 누리는 자유를 충분히 긍정하고 만끽하는 일이라고. 해먹에 드러눕는 나태한 시간뿐만 아니라, 내가 선택한 모든 시간에 대해 자연스럽게 가치를 느끼는 일이라고 말입니다.

게으른 나를 다루는 법

대기업을 내팽개치고 유튜버가 되었다는, 명문대를 자퇴하고 사업에 뛰어들었다는 등 거창한 노력의 산물을 내려놓고 새로운 길에 도전했다는 사람들의 성공담이 들릴 때마다 '나는 포기할 만한 커다란 게 없는데.'하며, 나 참 멋없는 인간이구나 싶었다. 자신에게 유독 좁아지는 도량이었다.

어떤 고비를 딛고 일어나서 성공한 케이스들, 안정된 길을 마다하고 당당히 도전하는 사람들, 나와는 스케일이 달랐다.

나는 말이지, 아침에 눈을 뜨는 것부터 커다란 고난이었고, 세탁기에서 세탁물을 꺼내는 일이, 사랑하는 사람에게 도와달라고 말하는 일이, 나를 드러내서 글을 쓰는 일이. 그렇게 사소한 것들이 어려워 머뭇거렸으니, 성공한 사람들의 마인드를 담은 콘텐츠엔 어디에도 내가 없었다.

예술로 성공하려면 무조건 돈이 뒷받침되어야 한다고, 일단 유명해져야 자신의 것을 알릴 수 있다고 학습했다. 돈과 명예만을 우선으로 둔 채, 자아실현 따위는 헛된 몽상이라고, 좁은 벽을 액자로 가려 놓았다.

언제부턴가 친구는 내 글이 색깔을 모두 잃었다고 말한다. 언젠가 누구는 이 글이 본인 얘기냐고 묻는다. 그 말이 내내 서글펐다. 먼 곳의 꿈을 향해 눈 감고 지냈다지만 결국 근시안적인 태도에 불과했다. 추체험의 껍데기로 이루어낸 일의 성취도 나쁘지 않았지만, 모든 글과 그림에서 나를 소거한 건 아니지만, 돈도 좋고 뭐도 좋지만, 내게 성공은 오래전부터 그런 게 아니었다. 공수래공수거 인생에서 느리더라도 내 것을 하는 것. 원하는 작업을 하며 수치심 없는 행복을 느끼는 것이었다.

어차피 비 오는 날엔 고급 양식을 몇 트럭씩 갖다 줘도 파전에 막걸리가 당기는 법, 나는 나를 가득 묻히며 살아가야 했다. 그러나 이것도 어느 정도 굴복해 본 지금에 들어서야 굳건히 느낄 수 있었을 테다.

내 신념이 틀렸을까 봐 항상 무서웠다.
나를 믿기 위한 전략이 필요했다.

하고 싶은 일 앞에선 또 뒤꿈치를 슬쩍 드는 게 나였으니. 나는 가끔, 그렇게 해 보고 싶단 이유만으로 도전한다. 이것도 참 지독한 콘셉트다. 지각을 한 번도 안 해 보고 싶어서, 돈을 아껴 써 보고 싶어서, 한 달 정도는 새벽에 일어나 러닝을 해 보고 싶어서, 좋아하는 애한테 좋아한다고 고백해 보고 싶어서.

그냥 하면 될 일을 '해 보고 싶었던 일'이라 속이고 중압감을 덜어내는 것. 해야 할 것들을 했다는 성취보다 해 보고 싶었던 것들을 했다고 생각하면 충족감이 배로 늘었다. 실패해도 실패가 아니었다. 그렇게 다음 도전 앞에선 덜 망설이게 된다. 이카로스와 카이로스의 적절한 콜라보다. 틀렸을지언정 내 손끝을 향해 걸어가는 걸음엔 행복이 차 있다. 나 완전 멋진 사람이구만? 푸하하! 웃게 된다. 이상. 이것은 청개구리 같은 나를 다루기 위한 방법이었다.

능동적인 긍정을 품고 부지런히 지내고 싶다.
일도 사람도 세상도 거르지 않고
질서 없이 사랑하고 싶다.

이런 사람인 줄 몰랐다는 말

책과 일러스트를 먼저 접하고 나를 알게 된 사람들은 빠짐없이 내가 이런 성격일 줄 몰랐다고 말한다. "제가 상상했던 이미지랑 너무 달라서 놀랐어요." 누군가는 우스갯소리로 환상이 깨졌다고도 했다만 인사처럼 듣는 소리라 이젠 익숙하다. 한때는 그들이 기대할 법한 표정과 말투로 대하려던 시절도 있었는데, 그건 내게 공과 사를 구별하는 것과는 다른 차원의 불편이었다.

최근에 알게 된 작가 동생은 누나가 작가들 중에 제일 이상하다고 말했다. 아무래도 좀 이상한 건 맞으니까, 인정했다. 꽤 알고 지낸 오빠는 내가 적는 글과 그림 때문인지 겉으론 밝고 쿨한 척, 털털한 척하는 사람인 줄 여전히 오해하고 있다. 모두 다 내 모습인데 말이다. 밝은 척이 아니라 당신을 만나 자연히 밝아지는 거고 쿨한 척이 아니라 그땐 쿨했던 거다. 다른 작가 언니는 분명 사람들이 실제 네 모습을 더 좋아할 텐데, 하며 아쉬워했다. 타인이 나를 어떻게 받아들일지는 상대의 판단에 맡길 수밖에 없었다.

작가 일홍과 인간 정지은은 같은 사람이지만 오프라인에 실재하는 나도 여러 갈래로 나눠진다. 대외적인 페르소나와 홀로 있을 때의 얼굴. 메시지를 주고받을 때와 통화할 때의 어조. 낮에 만났을 때와 밤에 만났을 때의 무드. 작년과 올해의 나. 어제와 내일의 표정. 당신을 대하는 나와 나를 대하는 나.

모두 같은 사람이지만 이게 같은 사람인가 싶을 정도로 다르게 느껴질 때. 한 사람의 입체성. 나를 모조리 들키고 싶으면서도 누군가 나를 간단히 파악하고 판단하게 되는 일이 내심 두려웠던 걸지도 모르겠다. 이런 사람인 줄 몰랐다는 말이 가장 듣고 싶으면서도 듣기 두려운 말이었다.

오해받는 불편을 느낄 때마다 더욱 솔직하게 굴었다. 때때로 표정을 감추는 나를 스스로 이겨내려던 방도였다. 털털하다가도 소심하고 익살스럽다가도 진지하고, 차갑다가도 다정한 사람으로. 바보 같고 지질한 모습까지. 어떠한 평가 앞에서도 떳떳해지려면 투명히 드러내야 했다. 내가 가진 결핍과 직면해 싸우고 용서하며 더 나은 사람이 되어야만 했다.

하찮아 보일지언정 꾸며낸 모습이 아니라면 모든 순간을 진실한 마음으로 살아낼 수 있을 거라고. 가려진 나를 부정하지 않고 펼쳐내어 고쳐야만 했다. 해가 바뀔수록 변해가는 나를 관찰하며, 내가 어떤 사람이었고 지금은 어떤 사람인지 끊임없이 파헤쳤다.

나란 인간은 어쩜 겪으면 겪을수록 카오스였다. 귀찮아서 학교도 습관처럼 결석하던 애가, 늦게 들어간 대학에서는 웬일로 매 학기 장학금을 타며 다녔고, 매달 꼬박꼬박 적금 잘 들던 애가 갑자기 모아둔 돈을 흥청망청 다 쓰고 거지꼴이 되기도 했다. 불가능해 보였던 걸 해내기도 했고 가능할 일을 수포로 만들기도 하며, 자만과 반성, 상실과 실망을 반복해서 느꼈다. 나로 살아간다는 건 참으로 위태로운 일이었다.

사람들은 어찌나 다들 똑 부러지고 부지런한지, 누구한테 빚지지 않고 잘 살려면 참고 이겨내야 하는 것들이 태산이었다. 다들 이 귀찮은 인생을 어떻게 참고 사는 걸까, 하면서도 이렇게 원고를 쓰고 있는 나를 보니 또 할 건 하게 될 때가 있나 보다. 찝찝함을 못 참고 씻으러 들어가는 것처럼.

차기작을 위해 출판사와 미팅할 당시, 굳이 돈을 안 줘도 볼 수 있는 뻔한 위로나 단상은 지양하자는 의견이 오갔다. 나는 부끄러움을 깨기 위한 생각들을 적고 싶다고 했고, 팀장님은 내가 말한 부끄러움을 사람들 앞에서의 낯가림, 쑥스러움 등으로 받아들인 듯했지만 그게 아니었다. 나의 방어적이거나 이기적인 면모, 게으름으로 인해 벌어진 사달, 누군가 미워질 때, 강하고 똑똑하게 이겨내지 못할 때, 내게 없는 마음을 글로 적을 때, 그 글로 인해 누군가 위로를 받았다고 말할 때 등. 내가 옳지 않음을 느낄 때, 부끄러웠다.

계속해서 더 나은 사람이고 싶었고, 옳고 싶었다. 그럴 때마다 나는 자꾸 부족해졌고 작아졌다. 글로써 누군가에게 위로의 문장을 건네거나 조언할 자격이 없다고 여겼다. 이번 책은 차라리 이런 베짱이 같은 면모와 어두운 표정을 드러낸 채, 밥 먹는 거 빼곤 다 귀찮은 나를 그래도 살아가게 만든 것들이 뭔지, 어떻게 해야 잘 살아낼 수 있을지 떠올리며 적는 게 낫겠다고 생각했다. 그러곤 지난 기억과 잃었던 마음들을 하나씩 가져오기 시작했다.

뻔한 말은 싫다며

한 귀로 듣고 한 귀로 흘렸던 문장들,

지겨워하며 모순처럼 적어내던 문장들이

결국엔 내게 가장 필요한 말이었다.

Part 2

내 안에 오래도록 숨은 나

단출한 식사

아무도 모르게 숨고 싶을 때가 있다. 잘 살고 싶은 마음이 무겁게 느껴질 때. 투명한 차림으로 멈춘 시간을 살고 싶을 때. 날이 갈수록 무엇도 되지 못하고 어디에도 맞지 않는 초라한 헌 옷이 된 것 같았다. 사방이 젤리처럼 물컹해서 어디에도 쉽게 나아갈 수 없을 것 같았다. 사람 사는 게 다 똑같을 거란 문장을 위안으로 삼았지만.

의미를 잃어갔다. 무슨 생각을 하면서 살아야 할까. 어떤 기대를 걸고 나아가야 할까. 얼마나 슬퍼야 울 수 있을까.

당기는 음식이 없으면 피자를 시켰다. 문 앞에 놓

인 피자 박스를 들고 책상 앞에 앉았다. 냉동실에서 꺼낸 얼음과 제로콜라를 컵에 부어 한 입 마시고는 맛있게 구워진 피자 한 조각을 손에 들었다. 따뜻하고 볼품 있는 피자. 사라진 표정. 채워도 채워지지 않고 비워도 비워지지 않는 더부룩한 감정.

입 안 가득 음식을 욱여넣고 씹을 때. 표정을 잃은 얼굴로 휴대폰을 뒤집을 때. 두껍게 말린 이불을 꼭 안고 잠들 때. 부은 얼굴을 바라보며 양치할 때. 거울 속 나를 도려내고 싶을 때.

골목에서 들려오는 배달 오토바이 소리. 기다리면 택배처럼 도착하는 것들. 마음이 안전해지는 것들. 나는 그런 것들에 쉽게 허비되고 있다. 딱딱한 박스 속에 담긴 피자처럼 식어가는 줄도 모른 채 말라가고 있다.

단출하고 해로운 식사가 이어지고 있다. 나를 아끼지 않는 시간이 길어진다. 문을 닫고 구석진 나를 유영하다가 길을 잃는 시간. 웃지 않아도 되고 듣지 않아도 되고 말하지 않아도 되는 시간. 권태로움 속에서 평온을 찾고 외로움 속에서 자유를 느끼며. 불안하더라도 불행하지 않고 즐겁더라도 행복하진 않은, 타인이 깊이 차지할 여백이라고는 없는 단조롭고 딱딱한 세계를 지키며.

평범한 하루

하루가 시작되고 하루가 끝난다. 어제와 오늘이 비슷하고 오늘과 내일도 비슷하겠지. 반복되는 일상이 익숙해질 때면 가까운 시일보다 먼 미래에 기대어 살게 된다. 그려보면 그려볼수록 더욱 까마득해지기도 한다만. 살다 보니 어른의 나이가 된 것처럼, 살아있으니 사는 사람처럼 기대를 걸어 잠그고 지낸다.

설레고 즐거운 일을 바란 지 오래되었다. 어차피 그런 순간은 살다 보면 자연히 따라오게 되어 있으니까. 인생이란 재밌다가도 지루하고 느리다가도 재빠르고, 죽고 싶다가도 살 만한 거니까. 그저 흘러가는 대로 몸을 맡기고 관조하듯 살아진다. 예상치 못한 슬픔이 생기거나 광대가 터질 듯이 웃게 되는 날도 있다. 한 번씩 웃고 슬퍼하고, 한 명씩 결혼하고, 한둘 성공했단 소식을 전해 듣는 날에도, 오늘 밥은 뭐 먹을지에 대해 고민한다. 나는 이곳에서 내 일상을 지속하며 지낼 뿐이다. 귀찮은 일만 안 생겼으면 좋겠다는 생각으로.

문득 누가 봐도 특별하고 멋진 삶을 살고 싶어질 때도 있다. 대체로 내 인생이 비루하게 느껴지거나 겁도 없이 의기양양해질 때 그렇다. 사람 사는 게 결국 다 거기서 거기란 생각으로 평정을 찾으면서도, 여유로운 이들의 표정과 가난한 이들의 걸음은 하늘과 땅처럼 아득하기만 하다.

오늘은 저녁에 먹은 곱창이 맛있었고, 친구와 전화를 하며 웃었고, 어스름 녘에 뜬 달이 예뻤다. 그거면 충분했다.

혼 자 가
익 숙 해 지 며

누구와도 눈 마주치지 않고 걷는 게 편하다. 현관문을 열면 아무도 없는 집, 물기 없는 화장실, 한쪽 벽에 기댄 침대에서 말없이 누워있는 게 좋다. 살랑살랑 흔들리는 이파리들, 찰랑이며 부딪히는 빗소리, 일렁이는 향초, 반짝이는 오르골, 미세하게 아주 미세하게 들리는 컴퓨터 소리, 저 멀리 창문 바깥 골목을 지나 들리는 대화 소리. 가만히 듣고 있는 게 좋다. 귀 옆에 노래를 틀어놓는 게 좋다. 보드라운 이불을 만질만질. 옆으로 돌아눕는 자세. 그림자처럼 몸을 말고 싶다.

아무렇지 않게 안부를 묻고 표현하고 싶다. 벨소리, 짧은 대답, 웃음, 통화 버튼, 종료 버튼, 노크, 현관

문. 그 사소한 것들을 의식하고 노력하지 않아도 자연스럽길 원했다. 이어폰을 끼지 않고 산책할 수 있을까. 답장하기 어려운 말들에 바로 답할 수 있을까. 웃음을 주지 않고도 마음이 편안할 수 있을까. 나른한 눈으로 어떻게 하면 인생을 날로 먹을지 고민하다가, 시계를 보고 꾸역꾸역 살아가는 걸 멈출 수 있을까. 손가락 사이로 빠져나가는 시간에 낙담하지 않을 수 있을까. 당신과 가까워지는 것이 아늑할 수 있을까. 굽어진 마음을 펴고 살아갈 수 있을까.

보 호 색

저마다 자신을 보호하려는 문장이 있다. 누군가는 사람이 싫다는 말을 연신 뱉으며 친구를 찾아 헤맸고, 또 누군가는 과잉된 행복을 진열하며 존경을 갈구했다. 누군가는 자신의 치부를 먼저 드러내는 것으로 안정을 찾았고, 누군가는 묻지도 않은 것을 과시하며 자신을 끌어올렸다.

나는 나를 들키지 않으려 일부러 더 익살스럽게 멍청히 굴었고, 부끄러운 마음을 숨기려 뻔뻔히 행동했다. 나를 속이는 건 쉬운 일이었다. 그래서 쉽게 속아주지 않는 내밀한 관계가 그토록 소중했다.

내게 꿈이 뭐냐고 묻던 친구에게
"부자."라고 대답하던 날,
"치, 거짓말."하며 날 보고 웃던 친구가
얼마나 고마웠는지 모른다.

내 안에 오래도록
숨은 나

'왜?'라는 물음이 떨어지지 않았다. 나의 전면에 의문을 가졌다. 언어, 손짓, 사고, 감정 어느 것 하나 빠짐없이 그리고 끊임없이 반문했다. 얽히고설킨 나를 잔뜩 분해하고, 설명서도 없이 다시 조립하는 과정은 모든 것에 명확한 이유를 새기기 위함이었다. 그것은 내게 관측되는 외부의 세계로도 똑같이 향했다.

'내가 갑자기 왜 걔를 궁금해하지?'

'걔는 나한테 왜 이렇게 비싼 선물을 한 거지?'

'저 사람은 어떻게 저런 다정함을 가지게 된 걸까.'

세상에 이유 없는 건 없다고, 뭐든 이해를 거쳐야

직성이 풀렸다. 내가 모르던 것, 나와는 다른 사람, 이해하고 싶어지는 것. 어쩌면 그 속엔 늘 내가 있었다.

오래도록 친절한 사람들을 경계했다. 나에게 건네는 호의를 의심하고 사랑하지 못했다. 희어멀뚱한 나를 기꺼이 도와주고 기억해 주는 가까운 친구들에게마저도 수더분한 척 거리를 뒀다. 그저 모든 언행에 뒤따르는 이유를 찾으려 했다. 사랑과 친절과 관심과 미움에 대한 이유를. 그러곤 그에 맞는 적당한 조치를 취하곤 했다.

이유 없이는 내게 흘러들어온 배려와 애정을 소화하지 못했다. 받은 만큼 갚아야 했던 나는 어떤 방식으로 갚아야 할지 골라야 했다. 세상에 공짜는 없다고 가르치던 엄마, 베푼 만큼 돌아오지 않았을 때마다 속상해하던 아이들의 표정, 나조차도 아무런 의도 없이는 호의를 베풀지 않았으니 숨은 의도를 파악하지 못하면 괜히 미심쩍었다. '나는 네가 좋아.' '나는 네가 필요해.' '그러니까 나는 네가 행복했으면 좋겠어.' 그런 애정 어린 의도일지언정 결국 자신을 위한 거라 여겼다.

감사하고 의아하게도 사람으로 인한 외로움을 느낀 적은 드물었다. 어딜 가나 내겐 인복이 있다고 했다. "네 주변 사람들은 다 좋은 사람인 거 같아." 들려오는 말에 나는, 그들이 좋은 사람들이라서 요지경인 내 곁에 남은 거라고, 나를 이해하고 내가 이해하는 사람이라서 유지된 인연이라고 얕게 생각하며 고개를 끄덕였다.

나는 그들에게 받은 애정을 잊지 않고 그대로 간직하다가 어떤 방식으로든 갚아갈 요량으로 지냈다. 자칫 사랑을 잘 주고받는 사람처럼 보였지만, 실은 포장을 뜯지도 않고 다른 선물을 더해 다시 돌려주는 행위에 불과했다. 따뜻한 온도로 나를 포옹하는 이들에게도 나는 굳어있던 마음을 다 열어낸 척하며 사랑을 연기해왔다.

남에게 의지하는 건 나약한 거라고 허술히 정의하며 살았다. 그걸 이겨내고 나와의 투쟁에서 승리하는 것이 성숙을 향한 길이라 믿어왔다. '내 인생을 대신 책임져 줄 사람은 어디에도 없다.' '혼자서도 잘 이겨내는 사람이 빛나는 법' '결국 인생은 혼자다.' 그런 문장의 단편적인 의미에만 매몰된 채 자의식에 사로잡힌 것이다. 그렇게 서투른 나를 방어하며 사랑을 멀리하는 허수한 사람이 되길 자처했다.

왜, 도대체 왜 나는 이런 걸까. 이유가 뭘까.

타인에 대한 경계, 나에 대한 불신, 모든 불안에 대해 들춰내기 시작했다. 긴 시간 굳어진 나의 무의식에 균열을 내고 자의식을 해체하며 계속 물었다. '왜 그토록 겁을 내는 거야. 너는 상처를 잘 받는 애도 아니잖아.'

스스로 묻고 답하며 흐려진 기억을 되살리는 과정 속에서 얼마나 큰 불쾌감을 느꼈는지 모른다. 가장 드러내기 불편했던 마음으로 당도하기까지 가려

둔 기억들이 봇물 터지듯 스쳐가며 방해했다. 동시에 혼란과 슬픔, 반성과 수치심이 고통스럽게 차오른다. 그리고 나는 내게 순순히 인정해야만 했다. 인정하고 싶지 않았던 걸 모두 들켜버렸으니 어느 때보다 진실하게 털어놓아야 했다. '사실 상처받기 겁나서 그랬어.'

'만일, 마음을 모두 열어 보이고 사랑을 가감 없이 꺼내게 되면, 자연히 그곳을 향해 몸이 기울어서 중심을 잃게 될 거야. 내가 고대하던 사람이 나를 피하기라도 한다면, 그때 나는 험준한 세상에 홀로 내팽개쳐지겠지. 손에 가득 쥐고 있던 사랑이 주인 없이 바닥에 처참히 굴러다니더라도 나를 구해줄 사람은 없을 텐데. 있다 하더라도 구태여 질긴 부채감이 나를 졸졸 따라다니겠지. 못나고 약한 사람이라고 내가 나를 손가락질하겠지. 그럼 난 또 그게 부끄러워서 나를 가두고 살아갈 게 뻔하니까.'

거북한 감정에 시달릴 때면, 나는 그렇게 나약한

사람이 아니라고 부정하며 밀어냈던 지난날의 모습. 애써 가려두고 모른 체하며 지내다가 급기야 나도 모르는 게 되었던 것들.

이제는 어린 나를 이해하고 용서해야 한다. 지금의 나는 너를 얼마든지 받아들이고 이겨낼 수 있다고, 따뜻하게 안아주며 떠나보내야 한다. 끔찍한 기억 속에서 이만 꺼내줄 때가 되었다. 사람은 받아들이기 힘든 것들을 받아들일 때 성숙해진다. 내가 고수하던 태도가 나를 향한 부정이 지배하여 만들어낸 허상임을 깨닫는 순간, 움츠러들었던 마음이 펴지고 있음을 느꼈다. 도망치고 또 도망치던 내 존재가 이토록 선명히 감각될 수 있다는 게 놀라웠다.

이젠 부끄러워하지 않아도 된다. 내가 애쓰는 사람이 아니어도, 변변한 생일선물을 해 주는 친구가 아니어도, 뜬금없는 농담으로 웃기려 하지 않고 온종일 넋이 나가있어도, 언제나 변함없이 나를 사랑으로 대해줄 사람을 내심 원하고 있었다는 것을. 안심하고 믿을 수 있는 사람은 어디에도 없다는 신념만 긍정하며 남몰래 세상을 배척했으니, 나는 나를 포함한 그 누구도 제대로 사랑할 수 없었던 것이다. 인간에게 가장 힘든 것은 바로 자기 자신을 알고 변화시키는 것이라던 아들러의 말은 옳았다. 변화하기 위해선 숨은 나를 기필코 찾아내서 알아내야 했다.

그간 내가 사랑을 온전히 받아낼 줄 모르고 지냈다는 사실은 꽁꽁 얼린 문을 조금씩 녹여준 사람들이 다녀간 후에야 알게 되었다. 인간은 타자와의 관계를 통해 내가 누구인지 알아가는 존재기에 혼자서 하는 성찰은 불완전할 수밖에 없다. 그러니 나 또한 모니터 앞에서 백날 혼자 애쓴들 좁은 통로 속에서 메아리칠 뿐이었다.

나를 깊숙이 들여다볼 수 있었던 건, 내게 온전한 사랑을 베풀던 이들의 마음을 헤아려보며, 세상을 위해 다정을 옮기는 사람들의 표정을 바라보며 건조한 내게 의문을 품었기 때문이다. '너 자신을 알라.'

라는 유명한 격언을, 나는 서른이 되어서야 조금이나마 이해할 수 있었다. 스스로에 대한 무지함은 비로소 알게 된 후에야 무지했음을 깨닫는다.

기어이 해냈다며 안도하던 일들 저편엔 언제나 나를 지지하던 사람들이 존재했다. 혼자서는 도저히 불가능한 일이 닥쳤을 때, 괜히 짐이 될까 봐 망설이고 있으면 때맞춰 내게 손을 내밀던 친구들, 내가 단순한 표정으로 경박스럽게 웃어도 가려진 슬픔의 농도를 알아채는 아이들, 나도 버거워서 미루던 궂은일들을 대신 나서서 해치워주던 사람들. 그들은 나보다 나를 더 아꼈다.

'내가 뭐라고, 왜 이렇게까지 해 주는 걸까.'

항상 의문을 품었던 건, 단지 내가 나를 아끼지 않아서였다.

들키지 않을 곳에 나를 묻어둔 채 긴 세월을 도망치며 살았기 때문이었다. 의심의 끝에서 발견하는 것은 결국 의심하는 나 자신이라더니, 답은 나를 향하고 있었다. 나를 먼저 사랑하기. 뻔한 말은 싫다며 한 귀로 듣고 한 귀로 흘렸던 문장들, 지겨워하며 모순처럼 적어내던 문장들이 결국엔 내게 가장 필요한 말이었다. 나를 제대로 알고 사랑할 줄 알아야 내게 건넨 사랑을 의심하지 않고 온전히 받아낼 수 있고, 진정한 사랑을 나눌 수 있다는 것을, 나는 너무 늦게 알아버렸다.

반 성 록

나는 뒷모습마저 선하고 용감한 사람들을 볼 때면, 저 사람은 어떤 흠을 가지고 있을까 골똘해졌습니다. 온실에서만 자란 것처럼 해맑게 웃는 이들을 보면 이 사람은 어떤 결핍을 지니고 있을까 헤아리곤 했습니다. 어떻게든 나와 동일선으로 끌어내리려던 오만에 젖어있었습니다. 너도 별수 없는 인간이구나, 와 같은 생각이 들 때면 안도하곤 했습니다.

이루지 못할 길을 포기하며 가지지 못한 것을 질투했고, 평평한 길에서도 곧잘 넘어졌으며 나의 생채기를 들키지 않으려 문을 닫았습니다.

그리고 매일 밤 화장실 거울에 비친 얼굴은 그렇게 살아가던 내 얼굴이었습니다.

생의 물결에 맞게 춤추는 법

이따금 생에도 주기가 있는 것처럼 물밀듯 들어왔다가 빠져나가는 슬픔이 야속했다. 화장실에 처박혀 숨을 게워내는 동안에도 창밖으론 무지개가 뜨고, 내가 당신 손을 잡고 수면으로 나오는 동안에도 수평선 너머에선 울음이 부딪힌다. 한없이 유랑하고 침잠하던 내가 "괜찮아."라고 말하는 당신 한마디에 가뿐히 일어서는 날도 있었다.

세상일은 정말이지 아무도 모른다. 평생 가난에 허우적거릴 것 같던 사람이 크나큰 존경을 받으며 부를 얻게 되거나, 늘 여유롭던 사람이 한순간에 초라해지는 일이 비일비재하다. 운명이라 생각할 만큼 사랑했던 사람을 지난 추억으로만 간직하게 될 수도 있고, 몰랐던 당신을 사랑하게 될 수도 있다. 꼴도 보기 싫던 사람과 언제 그랬냐는 듯 웃으며 마주할 수도 있다.

누구도 오늘의 고난과 행복이 언제까지일지, 몇 년이 지난 내 삶은 또 어떻게 바뀔지 알 수 없다. 그러나 내가 바라던 삶을 살아내기 위해, 지난 여정을 자주 돌아보고 내게 주어진 하루를 기쁘게 써야 한다는 것만은 우리 모두 알고 있다. 그리고 겪기 전까진 모른다는 것 또한 잘 알고 있다. 몰디브 바다의 아름다움처럼, 돌고래의 입꼬리처럼, 당신의 맑게 웃는 입 속에 부서진 언어가 가득 차 있는 것처럼.

그러니 깊은 우울에 빠졌다면 유연히 헤쳐 나올 수 있을 관성을 키우고, 다가올 날들을 단단히 마주할 지구력을 기르자. 파도에 휩쓸리길 걱정하기보단 거친 물살을 교묘히 즐기며 살아가자. 지나간 일들을 유유히 놓아주고, 내게 흘러온 사랑과 시간에 마음껏 머무를 용기를 가지자. 왼발로 서든 오른발로 서든, 흐르는 물결에 따라 춤추듯 살아내자.

세찬 파도와 먹구름 낀 하늘, 발이 닿지 않는 꿈과 부표 없는 대해에서도, 지난 계절이 알려준 몸짓으로 우리는 더 우아하게 헤엄치기로 한다. 앞으로 어떤 삶을 살게 될지, 내일의 내가 어떤 기분일지 아무도 모르지만, 누가 뭐래도 내 삶을 희망하기로 한다. 밖으로 손을 내밀고 내게 뻗은 손을 잡아주기도 하면서, 사라지고 떠나가더라도 당신 바다는 메마르지 않도록. 무방비한 세상에 걸려 넘어지더라도 웃으며 털고 일어날 수 있도록. 누구보다 특별한 사람이 되지 않아도 홀로 움츠리지 않도록.

많이 넘어져 본 사람은 많이 일어서본 사람이라는 것을 기억하자. 맑기만 하면 사막과 다를 게 없다는 것을 새겨두자. 꿈 없이 지나가는 새벽일지어도 우린 계속해서 나아지고 있다는 것을 잊지 말자.

사랑과 감사, 미안을 제때 전할 수 있는 용기

Part 3

누군가를 이해한다는 뜻

불편을
피하는 버릇

어떤 일이든 뒷심이 부족했다. 일도 관계도 그랬다. 넘치는 의욕으로 시작했지만 초심은 빠르게 사그라들었다.

몇 해 전 추운 겨울, 커다란 포부로 넓은 작업실을 구했다. 발품 팔아 구한 나만의 공간에서 소품샵과 드로잉 클래스를 하며 영역을 넓혀가고자 했던 것이다. 오랜 로망이 현실이 되는 순간이었다. 십 년 넘게 어린이 도서관이었던 이곳은 햇살이 드는 창으로 가득했지만, 세월이 고스란히 느껴질 만큼 낡아가고 있었다. 막상 들어오고 보니 하자가 장난이 아니더라. 계약하기 전으로 되돌아가고 싶은 마음을 겨우 다독였다.

보일러 누수로 군데군데 썩어서 벌어진 바닥과 비가 새는 천장, 해묵은 벽지와 페인트로 겹겹이 가려진 벽. 나는 공간을 새롭게 바꾸기 위해 도면을 만들고 인테리어를 구상했다. 몇 달간 손이 붓도록 벽을 갈고 나무를 잘랐다. 절단기와 톱, 그라인더와 타카, 드릴과 망치. 온갖 공구들을 동원했다. 무거운 시멘트 포대를 지고 올라와 생전 처음 미장을 하고 공간을 나눌 가벽을 세웠다.

전기와 타일 시공부터 싱크대와 책상까지 직접 만들며 이곳을 채워가는 동안, 겨울이 지나고 여름이 왔다. 돈과 시간, 노력의 삼합체로 만들어진 작업실이었다. 어느 정도 틀을 갖추었을 때쯤 여러 가구와 소품을 사들이고 커다란 거울을 배치했다. 새 거울로 바라본 나는 꽤 그럴듯하게 살아갈 것만 같았다.

하지만 이곳에서 꿈꾸던 소품샵과 클래스, 그 어느 것도 실행하지 않았다. 추가로 들어갈 돈과 시간, 노력을 상상하는 것만으로도 벅찼다. 눈앞에 닥친 하루를 살다 보면 내일이 되었다. 그렇게 몇 달, 몇 년이 지났다. 이러려고 한 게 아닌데 결국 이러고 있었다. 지역에 얼마 없던 소품샵은 그간 많이도 생겼고 초심으로부터 도망치는 내가 되풀이될수록 다짐과 열정의 힘은 약해져 갔다.

시작할 자격이 없는 사람으로, 오래가지 못할 사람으로, 나를 가장 신뢰하지 않는 사람으로 익어갔다. 짓무르고 썩어가는 과일처럼 스스로 구석이 되길 자처하다가 멍든 표정을 감추고 고개를 내밀길 반복했다. 그때마다 세상은 나 따위 안중에 없다는 듯 잘 굴러가고 있었다.

시작도 전에 최악을 염두에 두곤 했다. 벌어질 수를 최대한 자세하고 긴밀하게 그려나갔다. 그러곤 미리부터 부딪힐 벽을 상상하며 눈을 감았다. 나의 상상은 대부분 희망으로 시작해 절망에서 끝났다. 내 바람대로 이루어지지 않을 미래를 예상하고 지레 방어했으며 충분히 할 수 있음에도 불편을 피해 걸음을 멈췄다. 자신을 믿고 나아가는 사람들의 뒷모습만

하염없이 바라보았다.

나는 여전히 작업실 구석에 앉아 모니터를 바라보고, 남은 공간은 모양만 예쁘게 장식된 채 방치되고 있다. 가끔 손님들이 오면 커다란 테이블에 둘러앉아 이야기를 나누고, 공간이 아깝지 않냐는 얘기를 듣는다.

겨울이 되면 낭만이랍시고 크리스마스트리에 불을 켠다. 수백만 원짜리 스피커에서 새어 나오는 음악을 들으며 이만 원짜리 의자에 앉아 반나절을 보낸다. 창밖으로 들려오는 옆 건물 렌터카 사장님이 아침부터 세차하는 소리, 상가 앞을 빗자루로 쓰는 소리, 등교했던 아이들이 내려오는 소리. 이 시간을 살아가는 사람들은 변함없이 각자의 터전에서 부지런히 움직이고, 나는 그 소리를 멀찌감치 듣고 있다. 하루를 꽉 채워 보내도 열심히 살았다는 생각이 들지 않았다. 열과 성을 다해 꾸민 작업실에서 꾸던 꿈은 잃은 지 오래되었고 이루지 못한 미련만 남은 채 고여 있다.

작업실 화장실은 빗물 자국으로 가득하다. 아무리 깔끔히 메워놔도 눈에 보이지 않는 틈으로 샌 빗물이 벽을 저렇게 더럽힌다. 건물주가 한번 보수를 했는데도 저렇다. 나는 새로이 보수하기를 미룬 채 늘어나는 빗물 자국을 그대로 남겨두었다. 이젠 그러려니 바라보게 된다. 고쳐나가길 포기하게 된다.

적당한 마음은 어려웠다. 적당히 기대하고 충분히 만족하는 것. 나는 늘 완벽을 추구하다가 꽃이 지고 난 뒤에야 꽃을 찾아 헤매는 나비처럼 전전긍긍했다. 흐려진 목표를 되찾지도 않았다. 도전을 멈췄으므로 귀찮은 일은 사라졌다. 그리고 어디로도 나아가지 못했다.

“애 작업실도 따로 있어. 그치? 지은이 작업실 진짜 예뻐.”

나를 이렇게 소개하는 친구 옆에서, 오늘도 나는 몰래 작아지고 있었다.

나를 믿어보려 했다.

할 수 있을 것 같았다.

그렇게 기대했던 내 모습은
온데간데없이 사라졌고

타오르던 열정은
금세 한계에 부딪혔다.

이젠 어디로도 나아가지 못한 채

점점 잃어가는 희망을
그러려니 바라보게 된다.

방심해도
좋을 사람

언제까지 허술하게 살 수 있을지 모험이라도 하는 듯, 내게 계획이란 무용했다. 절제하지 못하고 원하는 대로, 흘러가는 대로 삶을 영위하려 들었다. 그러니 예상치 못한 어처구니없는 상황이 시도 때도 없이 벌어질 수밖에 없었고, 나는 그걸 보고 내 인생은 역시 다이내믹하고 재밌다며, 내일로 또 내일로 향했다.

"세상에, 며칠 작업실을 비웠더니 싱크대에서 웬 콩나물이 자라고 있어!"(알고 보니 수채통에 들어간 멜론 씨앗들이 발아해서 싱싱하게 자라나는 중이었다.) "나 집 가기 귀찮아서 친구 집에 한 달 동안 칩거 중이야." "지금 대전 도착했는데 모르고 서울에 가방을 두고 왔지 뭐야? 당연히 어디 둔지는 나도 모르지!" "나 거지잖아. 통장에 천 원 남았어!"

나락도 락樂이라고, 자전거에서 튕겨 도로를 뒹굴 때도, 작업실 보일러가 터지고 또 터져서 물이 줄줄 샐 때도, 막차를 잘못 타 택시비만 왕창 깨졌을 때도, 연이은 역경이 겹쳐서 몰아닥칠 때도, 내게 사사로운 불운이 닥치는 게 당연한 일이 된 것 마냥, 오늘 겪은 내 불행으로 삶이 고단한 친구들을 웃겨주겠다는 일념에만 사로잡혔다.

여느 친구들은 나처럼 며칠만 살아보고 싶다고 했으나, 이젠 절대 저렇게는 못 산다며 손사래 친다. 내가 나답지 않게 썩 괜찮은 일을 꾸밀 때마다 그들은 그냥 살던 대로 살라며 미리 제지하곤 했다. 취미는 눕기요 특기는 다짐이니라. 운이 참 좋기도 하지, 아직까지 먹고살고 있으니. 나의 천성을 겸허하게 받아들이면서도 뒤돌면 초조해졌다. 지나친 낙관으로 초조를 덮은 셈이다.

가만히 있으면 될 것을 나는 툭하면 자학적이고 해학적인 말로 주변을 들썩이게 만들었다. 짐짓 능청맞게 자만하기도 했다. 그게 내 나름의 겸손이고 유쾌였다. 겸손이 나보다 나를 낮추는 것이라고 배운 적은 없었지만. 덕분에 그들은 나를 편하게 대했고 나는 그 애매한 거리감을 즐겼다.

재미에 살고 재미에 죽는 듯한 사람으로 지내다가도, 타인 앞에서 본인을 신사적으로 피력하는 사람들을 보면 참 부러웠다. 뽐내지 않고 요령 있게 어필하는 사람들, 절로 박수가 나온다. 간혹 나를 업신여기는 이들 앞에선 나도 꽤 부드럽게 자기 어필을 할 수 있어야 하지 않겠는가, 하는 생각도 들었지만 나는 그럴듯하게 느껴질 법한 말을 적절히 내뱉을 재량이 없었다. 중요한 건, 딱히 나를 피력할 게 없었다. 저 깊은 곳까지 보잘것없음을 더 들키지 않으면 다행이었다.

특히나 내게 은근한 열등감을 느끼는 시선, 혹은 엄지손가락을 치켜세우며 애써 칭찬하거나 의도

치 않게 움츠러드는 상대의 모습은 곧 나를 향한 불편으로 대체될 거라 여겼다. 나 또한 자신을 불필요하게 과시하는 교만한 사람들이나 척하는 사람들을 겪을 때마다 속이 울렁거렸기 때문이다. 나는 그 모자가 얼마나 비싼 브랜드이며 네 애인이 무슨 대학을 나왔는지, 네가 못 꼬셔본 이성이 한 명도 없다든지 하는 것들, 정말 하나도 안 궁금한데. 그러곤 그들이 불편해졌다.

불편은 곧 미움이나 무관심으로 흘러갔고, 나는 그 서늘한 감정을 느끼는 내가 단단히 꼬인 사람 같아 불쾌했다. 나라고 타인을 업신여기거나 무시한 적이 없는 사람도 아닌데, 결국 모두가 상대에게 덜 미움받고 더 추앙받기 위한 각자의 방법을 택했을 뿐일 텐데, 나는 그게 그렇게 꼴사나워 반면교사하며 살고 있다고 헛되이 합리화한 것이다.

자학으로 무장한 겸손, 그 겸손으로 무장한 내면의 두려움. 나란 사람을 그 누구도 제대로 파악하지 못하게끔, 종잡을 수 없는 사람이 되어 아무도 내게 권태를 느끼지 않게끔. 때론 세상이 살 만하다는 희망을 가질 수 있게끔, 나로 인해 용기를 얻을 수 있게끔. 내 앞에선 썩 괜찮은 사람으로 느껴지게끔. 그러나 정작 나는 그 사람을 우러러보지 않고 이 관계가 내 계획대로 흘러가고 있다는 착각과 건방에 도취되어, 그렇게 내일도 숨은 나를 찾아내게끔. 아주 복잡하고 기묘한 세계를 구축하며 누군들 나를 쉽게 떠나가지 못하도록 한 것이다.

난 절대 너처럼은 못 산다고, 얘도 사는데 나도 살아야지. 하며 한숨을 내뱉던 사람들에게 '내가 알던 애가 전부는 아니었구나.' 하는 혼란을 야기하려던 허튼수작으로 사람과의 관계를 연명해왔다. 알고 보면 괜찮은 구석도 많은 사람, 무슨 말을 해도 기분 나쁘게 들리지 않는 사람, 질투와 시기가 느껴지지 않는 사람, 오늘도 새롭고 신선하고 편안한 사람, 실수투성이에 인간적이지만 왜인지 비밀스러운 사람이 되어야만 당신에게 미움받을 일 없을 거라고. 방심해도 괜찮은 사람이 되어야 한다고.

가는 사람 안 막고 오는 사람 막으며 지냈던 나는 관계에 기대와 미련이 없는 게 아니라, 누구보다 안전한 울타리를 만들고 싶었던 것이다. 사람에게 상처받을 일 없었던 지난날은 내가 무던해서가 아니라, 나의 온갖 촉각을 거쳐 무해하고 유쾌하다고 판정 난 사람들에게만 대문을 열었기 때문이었다.

내가 어리석고 못난 사람이라는 걸 모두 들켜도 남아있을 사람. 내가 더 발전하지 못해도 내 곁이 되어줄 사람. 그러니 내가 불쾌해했던 사람들보다 그런 감정을 지닌 나를 더 경멸했던 것은 내가 더 못난 인간이 되는 게 무엇보다 두려웠기 때문이었다.

나조차 나에게 결백하지 못했기 때문이었다.

지나야만
느끼는 것들

내가 건네는 사랑은 대개 내가 바라는 사랑이었다. 부담 주지 않으며, 정처 없이 떠돌다가도 돌아올 수 있는 품을 만들어주는 것. 진심에서 나오는 언어, 당신을 아끼는 눈빛, 기억하지 못해도 잃어버리지 않을 소지품처럼 안전한 사랑. 언제나 있을 것처럼 하던 나는 한 번도 그곳에 없었다. 주고 싶을 때 주고, 받고 싶을 때 받으려던 사랑이었다.

오래 차고 있던 목걸이를 뺐다. 그가 채워준 목걸이였다. 허전한 손으로 펜던트를 만지작거리던 습관은 목이 텅 비어 허전해졌을 때 더욱 선명해졌다. 갈 곳 없는 손에서 목으로, 목에서 마음으로 옮겨갔다. 익숙해지면 소홀해진다고, 나는 늘 그랬다. 사라진

후에야 그것이 이곳에 있었다는 걸 깨닫곤 했다.

뭐든 흥미가 사라지면 팍 식어버리는 열정. 마음먹고 산 명품 가방과 몇 달간 공들여 만든 가죽가방은 구석에 처박아두고 만 원짜리 하얀 가방의 편리에 애착했다. 중요하던 건 금세 중요해지지 않았고 전해야 했던 사랑마저 때를 놓치고 방황했다.

소중한 사람들의 연락에 제때 답장하지 않고 제멋대로 구는 지질함을 아직도 고치지 못했고, 딸을 보고 싶어 하는 부모를 미뤄둔 채 먼발치서 혼자 그들의 건강과 생을 염려했다. 인생은 돌고 돈다고, 나의 무심함은 그대로 내게 돌아오곤 했는데, 그마저도 나는 자업자득이라 여기며 타협하기 일쑤였다.

나의 흠에 대해 검열과 검열을 거듭했지만, 나아지지 않는 내가 부끄러웠다. 그러다 나조차 나를 외면하게 된다. 지나야만 느껴지는 것들, 똑같이 겪어야만 비로소 알게 되는 것들. 뭐든 떠나가고 사라진다는 것을 알면서도 그랬다.

작업실을 오래 비우는 날엔 말라갈 식물을 걱정한다. 돌아오면 싱싱한 초록 잎은 이미 시들어있었다. 나는 역시나 늦었고 그때면 아무것도 되돌릴 수 없었다. 익숙해지면 소홀해진다. 그리고 소홀해지면 사라진다. 잘하려 하면 그땐 이미 떠나가는 중이었거나 떠난 후였다.

이 면 에 대 하 여

아 출근하기 싫어. 넌 출근 안 해도 되겠네. 부럽다.
광고에 네 그림 나오던데, 그런 건 얼마 벌어?
인스타 스토리 보니까 이리저리 놀러 다니고 좋아 보이던데?
이번에 전시해서 돈 좀 벌었냐?

타인을 부러워할 수 있다. 부러워하다가 생각보다 별거 아닌 거라 실망할 수 있다. 멀리서 보면 마냥 행복하거나 불행해 보일 수 있다. 남의 떡이 더 커 보일 수 있고, 누가 얼마 버는지 궁금할 수 있다. 꿈을 향한 과정과 명분을 헤아리지 못할 수 있다. 그런 것들을 이해하려 했다.

누구에게도 함부로 묻지 않는 것이 되었다. 쉽게 판단하지 않는 일이 되었다. 유동적인 수입과 불안정한 위치에 대하여. 정해진 출근은 없지만 정해진 퇴근도 없는 일에 대하여. 잠들기 전까지 메모장을 켜는 습관에 대하여. 하고 싶은 일은 하기 싫은 일을 잔뜩 동반한다는 것에 대하여. 무수한 글과 그림을 차치한 채 그림 한 장의 값으로 매겨지는 가치에 대하여. 훗날을 위해 재료를 모으러 떠나는 여행에 대하여. 나의 불안을 확인하려는 문장에 대하여. 돈은 수단에 불과하다는 것에 대하여. 타인의 불가해함에 대하여.

돌아보면 그곳엔 우리가 있었고

바야흐로 2016년 여름, 윤과 나는 이불 세탁을 맡기고 서점에 들렀다. 몇 권의 책을 사서 나온 그때도 두말할 것 없이 반년 후면 우리 벌써 몇 살이라며 어릴 때가 좋았다는 둥, 저 수많은 집들 중에 왜 내 집은 없는 거냐는 둥 그런 쥐뿔 쓸모없는 말을 주거니 받거니 낄낄거리며 길을 걸었다. 어느 분식집에서 먹은 보리밥 정식, 길가에 흐드러진 코스모스, 윤이 계절학기를 들으러 간 사이 홀로 앉아서 글을 쓰던 카페, 그 외엔 여름의 강렬한 더위밖에 기억나지 않는다.

나는 지난 책들을 훑어보다가 한 권의 시집을 꺼내 들었다. 그날 윤의 동네에서 산 시집이었다. 오랜만에 옛 추억 좀 상기시켜볼 겸 표지를 펼치는데, 종이 한 장이 떨어진다.

2016년 7월 15일 지은이에게

안녕, 지은.

이게 얼마 만에 쓰는 건지 참.

고등학교 때 수도 없이 주고받았던 너와의 대화들.

뭐가 그렇게 힘이 들고 지쳤는지

지금 생각해 보려니까 기억도 안 나네.

별일 아닌 거였겠지. 하지만 당시에는 별일이니까

걱정하고 눈물을 흘렸던 거 같아.

항상 똑같은 패턴인데 우리들은 그 앞에서

왜 이렇게 무너지는 걸까,

겪을수록 무뎌진다고 하는데 다 거짓말 같아.

항상 새롭고 낯선 감정들이 찾아오는 거 같아.

하지만 이겨내자.

정말 답은 정해져 있고,

나만 결정하고 행동하면 되는 건데

주변의 영향, 환경, 모두가 방해한다 그치.

지은이는 다 해낼 것 같아. 내가 봐온 너는 그래.
항상 믿고 있어. 응원하고 있고.
나 같은 사람들이 있으니 너 자신에 대해
굳게 믿고 실천하기 바라.
충분히 넌 잘 해내고 있고 '정지은'만의 것이 있어.
행복하자 지은아. 내가 많이 좋아해.

from. 윤

잊힌 편지를 읽다가 마음이 일렁였다. 많이 울었나 보다. 어릴 적의 나는 지금과 다르게 눈물도 많고, 닭똥 같은 눈물을 흘리면서도 잘 웃는 아이였다. 지나고 보면 기억도 안 날 만큼 별일도 아닌 거에, 윤과 나는 자주 슬펐나 보다. 애먼 희망을 서로의 주머니에 집어넣으며, 우리가 꽤 많은 슬픔을 지워냈나 보다.

윤과는 고등학교 시절부터 절친했다. 절친했다고 말하기엔 나는 그때도 윤을 경계했다. 너무 착해서, 겉으로만 착한 척하는 애라고 생각했다. 어렸던 나의 과오다. 십수 년이 넘은 지금까지 윤은 한결같이 선하고 바르고 다정하다. 나랑 오랜 친구를 해 주는 것만 보아도 얼마나 그릇이 넓은가.

윤은 항상 내게, 지은이가 행복했으면 좋겠다고, 도움이 되는 일이라면 무엇이든 돕겠다고 말해준다. 본인보다 성적이 잘 나온 친구에게 축하한다며 달려가 꽉 안아줄 수 있는 학생이었고, 아빠와의 전화 끝엔 늘 사랑한다고 말하며 눈물을 흘리는 딸이었으며, 울어내지 못하고 축축이 젖어있는 나를 보고 대신 울어주던 사람이었다.

그렇게 따뜻한 친구가 여태껏 내 곁에 남아줘서,

내겐 많은 게 별일이 아니게 된다.

문득, 십 년 전 일기를 펼쳐보고 싶어졌다.

나를 견디게 하는 것들

1 아이스 아메리카노

2 조마조마한 카드값

3 연거푸 솟아날 구멍이 생길 때

4 기억과 기록에 대한 집착

5 바깥의 공기

6 이어폰과 스피커

7 사진첩

8 떡볶이

9 현대로 흘러온 학문

10 귀여운 동물들이 나오는 영상

11 치열하게 살던 시기를 회고하는 일

12 내게 부모가 있다는 것

13 흥미로운 순간

14 투명한 물과 바닷속 생물들

15 결핍이 낳은 욕망

16 이해되지 않던 게 이해될 때

17 외출 전 뿌리는 향수

18 에어컨과 보일러를 틀 수 있는 집

19 혼자 있을 때면 가끔 예뻐 보이는 얼굴

20 내 표정을 보더니 웃음이 터진 친구

21 향초의 일렁임

22 작업실 계단에서 자기들끼리 핀 나팔꽃

23 아껴둔 이야기

24 비혼주의자인 친구들

25 사람은 결국 죽는다는 사실

26 어떻게든 되겠지

27 불면과 변비가 없다는 자부심

28 예술을 좇는 사람들

29 아직 먹고살고 있다는 의아함

30 이런 내게 곁을 내어주는 사람들

31 수많은 다짐

32 일말의 기대

사연으로 빼곡한 도시

도시의 밤은 시끄럽고 고독하다. 부재가 선명해질수록 갈망은 커지고 이내 낙관한다. 저마다 다른 사연과 얼굴을 가지고 표정을 짓는다. 누가 더 행복하고 불행한지는 모른다. 누가 더 행복해 보이고 불행해 보이느냐의 차이일 뿐이다.

내겐 없을 것 같았던 일들이 갑작스레 벌어지기도 하고, 나만 겪었을 듯한 일이 당신 기억에 있을 수도 있다. 그게 나를 아프게 할 수도, 우리를 안도하게 할 수도 있다.

우리는 일 년에 두어 번, 한 테이블에 둘러앉는다. 취향이 담긴 술과 직접 만든 포스터 등 선물이라며 가져온 것들을 테이블 위에 올려둔다. 스피커로 새어 나오는 음악 사이로 소란과 적막이 오간다. 잔을 몇 번 부딪히다 접시 위에 놓인 안주를 집어 먹고, 담배를 피우다가 의자를 옮겨 앉는다. 모두를 둘러보던 시선이 한 사람에게 집중된다. 들킬 수 있는 비밀이 알고 싶어진다.

어른으로 자라나는 동안 발설하는 대신 침묵하는 법을 익히고, 묻지 않으면 함구하게 되는 일이 늘어난다. 당신을 더 자주 이해할 수 있었던 건 그 연유 때문일지도 모르겠다.

나는 멀리서 냉장고를 뒤지고 있었으므로 그게 누구의 목소리인지, 누가 어떤 표정이었는지 알 수 없었다. 아마 누군가 이렇게 물었단 것만 기억한다. “수련아, 너는 혹시 살면서 되게 힘들었거나 그런 적 없었어?” 나는 뒤를 돌아 수련의 표정을 살폈다. 그녀는 얼마 지나지 않아 눈시울이 붉어지고 있었다.

“저는 언니가 죽었어요. 몇 년 전에 큰 사고로

갑자기 죽어서, 그땐 저희 가족들이 너무 힘들었어요….”

수련의 눈에 눈물이 고인다.

“아니야, 말하기 힘들면 말 안 해도 돼.”

만류하는 손짓에도 불구하고 수련은 다시 입을 열었다.

“아니에요, 괜찮아요. 이제 시간이 지나서 그때처럼 막 힘들거나 하진 않아요. 그냥 아직까진 눈물이 나와요, 그땐 다 너무 힘들어서, 저도 일 년 동안 침대에만 누워 있었거든요. 우울증이 심하게 왔는지 한 번도 바깥을 나간 적이 없었어요. 그런데 이제는 그래도 괜찮….”

와중에 냉동실에 있던 얼음을 덜어 컵에 부어내는 소리를 듣곤 일제히 나에게 시선이 쏠렸다.

“어머 쟨 이렇게 심각한 얘기하는데 자기 커피 마실 준비하는 거 봐. 참 좋다, 언제나 한결같아.”

순간 슬픈 기류는 온데간데없이 사라졌다. 수련은 나를 보며 눈물을 닦고 웃기 시작했다.

“전 오히려 저런 게 좋아요. 이런 얘기 듣고 다른

사람들이 더 슬퍼하면, 제가 더 미안해지잖아요."

나는 수련이 계속 덤덤히 얘기하길 바랐다.

"아니에요. 여러분, 죄송합니다. 하던 얘기 계속하세요!"

그날 수련은 작고한 언니를 애도하며 이야기를 마무리했고 더 이상 눈시울은 붉어지지 않았다. 유독 자주 웃었다. 우리도 그날 이후로 더는 수련의 그림자에 대해 묻지 않았다. 그늘이 느껴지면 말없이 곁이 되어주고, 웃음으로 치환하며 빼곡한 울음을 털어냈다.

우리는 그때 알았다. 수련이 왜 이곳에 있는지, 우리가 왜 우리로 불리게 되었는지를 말이다.

그날 우리는 학생들이 나오는 드라마를 보고 있었다. 도중에 내가 그에게 물었다. 나중에 자식이 어떻게 자랐으면 좋겠냐고. 그는 해맑은 얼굴로 "난 사랑을 잘 주고 사랑을 잘 받을 줄 아는 아이로 컸으면 좋겠어!"라고 대답한다. 나는 거기다 대고, "아, 난 그냥 귀찮게만 안 살았으면 좋겠는데."라고 말한다. 기분이 이상했다. 왜 내가 이딴 대답을 하는 사람이 된 거지. 그러곤 사랑이 가득 담긴 대답을 하는 그가 신기해서, 이 각박한 세상을 밝게 희망하는 당신의 선한 시선이 과연 진짜일지 가짜일지 의뭉스럽게 느껴졌다.

며칠 전, 내가 그에게 이제껏 적은 원고를 몇 개 보여주며 "인생이란 뭘까."에 대한 대답을 해 달라고 했을 때도 그는 어김없이 "서로의 온기로 따스한 행복을 전하며 사는 것!"이라고 말하며 환하게 웃었다. 같은 세상을 살면서 나는 왜 이처럼 예쁜 생각을 하지 않았을까, 한참을 반성했다. 이상하게도 그는 항상 때마침 나타나서 나를 밝힌다. 괜찮다고, 울지 말라고 하는 그의 위로에 오히려 울 것 같았다. 그가 시무룩하게 있던 날, 나는 별말을 하지 않았는데 내게 위로해 줘서 고맙다고 말하는 그의 선함에 울 것 같았다.

비슷하게 느껴지는 사람들이 있다. 나는 그의 자유로움이, 나처럼 우주와 고래를 좋아하는 취향이, 아무거나 갖다 주면 다 잘 먹는 식탐이, 매사에 귀찮아하는 지독한 귀차니즘이, 말이 없을 때 어두워지는 얼굴이 나와 닮아서, 내게 없는 대답이 불쑥 튀어나올 때면 그렇게 생경할 수가 없었다.

나는 그에게 "오빠는 정말 수상한 액체 같아."라고 말했는데, 거기에도 그는 예쁘게 웃더니 "맞아, 나는 수상한 액체야!"하고 대답한다. 나는 자꾸, 자꾸만 나를 환하게 비추는 그가 신기했다. 그리고 소중했다. 밝고 순수하고 예쁜 사람들이 이만큼이나 사랑스럽고 소중해서, 그들이 만들어가는 세상을 가히 훼손시키지 않아야겠다고. 나도 그들을 따라 이곳을 더욱 아름답게 누리며 살아야겠다고.

마 지 막 잎 새

언니가 궁금해진 건, 능청스러운 말투로 돈이 없어서 명품 가방을 팔러 가는 중이라 했을 때다. 아나운서처럼 단정한 목소리와 하얗고 단아한 얼굴, 하루도 허투루 보내지 않고 분주히 지내던 그녀는 알면 알수록 해박한 사람이었다. 또 신기하리만큼 부끄러울 만한 말들을 숨기려 하지 않았다. 매사에 솔직하고 진실했으며 젠체하는 법도 없었다. 그러나 어딘가 묽은 외로움이 그녀를 오래도록 감싸고 있는 듯한 동질감은 나를 단시간에 열어냈다. 겨울이 되면 안으로 발을 내밀 듯, 내게도 온기가 필요했던 것이다.

언니는 맨날 방에 틀어박혀 혼자 막걸리를 마시고 있는 내가 너무 귀여웠다고 한다. (막걸리에 꽂혀서 매일 마시던 때가 있었다.) 그렇게 우리는 하루에 한 번씩 서로를 찾아 목소리를 나누며 영상 통화를 했다. 나에게 경사가 생긴 날엔 가장 먼저 축하해 주고, 미세하게 달라진 내 목소리에도 오늘 컨디션이 어떤지 금세 알아차리는 언니였다.

사려 깊은 언니의 배엔 커다란 흉터가 있다. 그리고 언니의 기억 속엔 죽음을 겸허히 받아들이고 수술실로 들어가던 스물여덟이 있다. 주변을 자세히 둘러보고 아낌없이 사랑을 전할 줄 아는, 스스로 박애주의자라 칭하는 언니에게 생은, 다시 주어진 기회였다.

그런 언니가, 오늘도 내가 없었으면 어떻게 살았을지 모르겠다고 말했지만, 철없는 동생에게 사랑한다, 보고 싶다 닳도록 말해주지만, 나야말로 언니를 만나 얼마나 많이 배우고 있는지 그녀는 모를 것이다.

매 순간 감사한 마음으로, 사랑 앞에서도 용기를 잃지 않고 나아가던 언니, 박한 세상에도 희망을 쥐고 꿈을 좇던 언니, 타인의 슬픔에도 기꺼이 엉엉 울어낼 수 있는 언니를 겪으며 내 세계가 얼마나 넓어질 수 있었는지를 말이다.

"그냥 보고 싶어서 전화했어."

전화를 끊을 때마다 언니는 꼭 저렇게 말해준다. 어떤 사랑도 겁내지 말라고, 인생이 그렇게 길지 않다고. 유한한 인생에 대해 일깨워주는 문장이 장난스러운 전화 한 통에도 여럿 섞여 있다. 사랑과 감사, 미안을 제때 전할 수 있는 용기를 전염시킨다.

그러니까 언니는, 아직도 병원에서 쓰라린 흉터를 치료하며 삶을 여실히 견디는 중이겠지만, 한쪽 신장을 도려내고 약해진 몸으로 애쓰는 중이겠지만, 그럼에도 다시 살아내준 덕분에 나같이 무른 애도 살아갈 수 있다고, 덕분에 우리와 세상을 더 아끼게 되었다고, 자주 찾아오는 작은 행복들을 잘 담아두며 살자고, 나의 서투른 마음을 전한다.

당신을 건너온
당신에게

당신이 어떤 사람인지 아직은 잘 모르지만,
이젠 나를 모두 들켜도 좋을 소중한 사람입니다.

그런 생각을 했어요.
모두가 작은 알 하나쯤 몰래 품고 있다는 생각이요.
나는 그 알을 깨려 이 책을 썼습니다.

들키고 싶지 않은 부분들을
얼마나 절실히 숨기며 살았는지
들켜도 될 마음을
얼마나 부끄러워했는지
그걸 난 왜 이제야 바로잡을 수 있었을까요.

살아낼수록 타인에게 상처받지 않는 내가,
세상이 기대되지 않는 내가,
생의 가시에 무뎌진 탓이라 생각했는데.
아니었어요.
스스로 더 큰 상처를 입히며 지냈기 때문이었어요.
힐난하고 얕잡아 보고 오만했다가 질책하며
그러다 마무리는 얄궂은 합리화로 끝내곤 했죠.

세상을 향한 부정은 나를 향한 부정이었고
타인에게 건넨 사랑은 내가 바란 사랑이었고
내가 가장 사랑하고 싶었던 건,
결국 저 깊은 곳에 숨은 나였어요.
순서가 완전히 뒤바뀐 삶이었죠.

어딜 가도 나를 먼저 사랑하래요.
나는 그런 말이 너무 싫었어요.
좋다가도 미운 게 사람인데 뭘 맨날 사랑하래,
사랑할 만한 짓을 해야 사랑을 하지.
나는 그들처럼 멋지지도 부지런하지도 않은걸.

뭐 하나 뛰어나지도 않고
제대로 된 노력을 하지도 않는걸.

마음을 조금만 뒤집었다면 좋았을 텐데
삐뚤어진 자세로 내게 혀만 차며 지냈어요.
내가 나를 더 알아줘야 한다는 말을
몸소 행했어야 했는데 쉽지 않았네요.

늦었지만 이제는
저를 보호하고 방어하던 따가운 외투들을
하나씩 벗겨내고 있는 중이에요.
그리고 제대로 손을 잡아보려 해요.

앞으로도 더 꺼내야 할 내가 많아요.
나는 내게 포착된 나를 그대로 인정하기만 했지,
진정으로 받아들이고
꺼내어준 적은 없었다는 걸 느꼈거든요.
하도 오래돼서 기억이 안 날 수도 있겠지만요.

깨고, 깨고, 더 깨고 싶어요.
그러곤 더 아담하고 단단한 나를 마주하고 싶어요.
사랑하게 되는 것들을 더 투명하게 사랑하고 싶어요.

두서없지만 제가 우주를 참 좋아해요.
고작 두더지 정도였던 인류의 조상이
이제는 도구를 사용하고
우주선을 쏘고 직접 운전을 하더니
도로 위에서 자율주행까지 가능하게 되었어요.
만일 지구의 환경이 조금만 달랐다면
나도 내가 아니었고,
당신도 당신이 아니라 다른 생명체였겠죠.
그 무엇도 아니었을 수 있고요.

아폴로 우주인들이 촬영한 지구는
그저 광막한 암흑의 공간에서 회전하는
푸른 공에 불과했대요.
우리 모두가 상처받기 쉬운
작은 행성을 공유하고 있다는 거죠.

언젠가 백색왜성으로 흡수될 지구에서,
우리가 우리로 불릴 수 있는
지금을 충분히 누려야 한다는 거예요.
서로를 더 아끼고
온기를 나누며 살아야 한다는 거예요.

그러니 나는 많은 걸 사랑하고 응원하며 지낼게요.
아무리 암울하고 절망적인 날이 온다고 해도
지금처럼 활자와 그림으로 나와 당신을 토닥일게요.

당신도 문득 혼자인 것 같은 날이 있더라도
절대 혼자가 아니란 걸 잊지 말아요.
서툰 마음을 들켜도 좋을 사람이 곁에 있다면
그것만으로도 용기로운 길을 걷게 될 테니까요.

나는 이제 우리의 용기가
수상하지 않을 수 있어요.

그리고 이 책이 당신에게도
들킬 수 있는 마음이 되었으면 해요.

앞으로도 계속 이어질 수 있도록.

귀찮음은 곧 두려움이라는 말,

그걸 이불처럼 끌어안고 사는

사람이 있는 반면에

몸을 일으켜 곱게 정돈하고

살아가는 이들이 있다.

모르고 싶은 날

Part 4

백 일 몽

교실 책상에 꼬물꼬물 적어둔 명문대 한의학과를 보곤 꿈도 꾸지 말라고 하셨던 국어 선생님, 저는 아픈 엄마를 치료하고 싶었어요. 어느 날 내 숙제를 보고 조용히 부르더니 미술을 배워보라 권하시던 기술가정 선생님, 덕분에 저는 용기를 얻었어요. 꿈에 부풀어 미술을 배우겠다고 하니 극구 말리신 담임선생님, 나는 혼란했어요. 하고 싶은 걸 어떻게든 찾고 싶었던 시절, 찾으면 무엇이든 할 수 있을 것 같았어요. 무엇도 되지 않았으므로.

쉴 새 없이 삐걱거리던 내가 친구들과 거리를 배회하며 물건을 훔치다 들킨 날, 아빠가 회초리를 들고 방에 들어왔어요. 한 번도 나를 나무라지 않은 아빠에게 드디어 맞겠구나 싶었지만, 아빠는 도리어 내게 회초리를 건넸어요. 딸을 잘못 키운 당신을 때리라고 말하던 그의 가여운 표정이 아직도 슬퍼요. 욕심만 앞선 아이였어요. 내가 뭐든 배우고 싶다고 하면 당신 얼굴 말라가는 줄 모르고 기꺼이 밀어주던 엄마를, 나는 계속 모른 체했어요. 철없고 못난 딸이 언젠가, 언젠가는 자랑스러운 딸이 되어야만 했어요.

반골 기질로 충만했던 학생은 퇴학 위기를 겨우 면한 채 가까스로 고등학교를 졸업해요. 대학에 들어간 친구들을 타지에서 바라보기만 하다가 늦게 입학한 대학, 그곳은 내게 새로운 출발지였어요. 엉망이었던 지난날들에 대한 보상이라도 하듯 아등바등 지내기 시작했어요.

성취감에 중독된 채 조각잠을 자면서도 마음은 더 급해졌어요. 결국 제풀에 못 이겨 넘어질 수밖에 없었죠. 그러던 내가 갑자기 글을 쓰겠다고 하니 다들 지나가는 꿈인 줄 알았겠지만, 나는 휴학을 택했고 그간 활자만 두고 지냈어요. 왜 그렇게 읽고 쓰고 싶었는지는 몰라요. 가장 심장이 뛰었단 것만 기억해요.

손에 쥔 열정만으로 문학을 하긴 쉽지 않았어요. 이것만으로 먹고 살 수도 없었고요. 우선 유명해져야 내 글을 알릴 수 있겠구나. 나는 그때부터 '일홍'이라는 예명을 달고 그림을 그렸어요. 어느새가 정지은은 일러스트레이터 일홍이 되어 있었죠. 당시의 희망과 결핍은 나를 여기까지 이끌었지만 내게 남은 건 더욱 커다란 갈증뿐이었고. 꿈만 꾸던 것들이 시간을 돌고 돌아 하나둘 현실이 되었을 때의 기쁨은 이상하게 오래가지 않았어요. 꿈꾸던 삶은 빛나지 않았으며, 그럴듯하게 사는 것처럼 보였지만 나는 여전히 엉망진창이었어요.

처음을 지나면 다른 처음이 왔어요. 불현듯 끝끝내 완성되지 않을 미래가 두려웠어요. 나는 내가 어려웠고, 세상이 어려웠어요. 알수록 혼돈한 것투성이였거든요. 빠르게 스쳐가는 시간 속에서 사랑과 건

강은 뒷전이 되었고 내가 뭘 바라는지조차 묘연했어요. 거창한 꿈을 품는 게 때론 사소한 죄악같이 느껴졌고요. 장난감을 사달라며 떼쓰던 유년이 그리운 내가 한심했어요. 별안간 자랑스러운 사람이 되어야 하는데, 자칫 경로를 이탈하다 또 늦어버리는 건 아닐까 미리 걱정했어요. 유약한 내가 발견되기를 바랄 때마다 자취를 감추고 침묵했어요.

7월

집 마당에 있는 호박 넝쿨, 넝쿨이 얽힌 시멘트 돌담 위로 사마귀 한 마리가 아주 느리게 향하고 있었다. 나는 늙고 쇠약한 사마귀를 가리키며 얘 지금 아픈 거냐고 물었고, 아빠는 아마도 죽을 곳을 찾으러 가는 거라 했다. 어릴 적 살던 고향에 다시 한번 가 보고 싶다던 할머니가 죽은 지 며칠이 지난 날이었다. 나는 아직도 할머니의 고향이 어디인지 모른다. 주름진 손의 촉감이나 미소, 구부정한 집과 뜨거운 장판, 헹구다 만 듯한 그릇과 컵, 이름 석 자, 그런 것밖에 모르고 감히 사랑했다.

방 문

아빠는 주말마다 우리를 데리고 캠핑을 했다. 멀뚱한 나를 이리저리 데리고 다니는 아빠가 좋았다. 어디서나 다정하고 선한 사람이었다. 엄마는 굳이 하지 않아도 될 작당을 벌이는 거라며 싫어했다. 그렇게 우리의 여행엔 엄마가 자주 빠졌다.

혼자 남아있는 엄마를 이해하지 못한 채, 우리 셋은 자주 떠났다. 먼 길을 가는 날엔 아빠 차 뒷좌석에 발을 뻗고 누워서 잠들곤 했다. 흔들리는 시트에 몸을 맡기고, 흘러나오는 라디오 소리를 듣고 있으면 스르륵 눈이 감겼다. 차가 덜컹거릴 때마다 슬며시 눈을 떴다. 핸들을 쥔 아빠와 잠든 동생, 안전해지는 마음. 조심히 흔들리는 차 속이 엄마 배 속 같다는 생각을 한 게 그때부터였다. 아늑하고 편안했다.

배가 고파오면 갓길에 멈춰서 라면을 먹었다. 그때 먹은 라면이 아마 삼양라면이었는데, 그 맛이 아직도 생생하다. 이제껏 먹어온 라면들과는 다른 맛이 났다. 신기한 표정으로 먹는 나를 보며 아빠는 흐뭇한 미소를 지었다. 어린 내게 새로운 세상을 겪게 했던 아빠. 어디든 나를 데리고 다니던 아빠. 자판기에서 뽑은 솔의 눈을 처음 마실 때도, 동네 도서관에 처음 발을 들일 때도, 세잎클로버들 사이에서 네잎클로버를 찾으면 행운이 오는 거라고 알려줄 때도 내 옆엔 아빠가 있었다.

캠핑은 즐거웠다. 맑고 한산한 계곡물에 빠져 놀다가, 다 같이 잡은 물고기로 저녁거리를 만들었다. 아빠는 오는 길에 샀던 고기를 굽고 송사리를 넣은 된장찌개를 끓였다. 우리는 집에서 가져온 만화책을 봤다. 두고 온 엄마에 대해서는 아무도 말하지 않았다. 해가 지고 어두워지면 셋이서 나란히 누워 얘기를 나눴다.

그때마다 까만 하늘엔 별이 총총 떠 있었다. 빛났다. 아빠는 너희 다 키우고 캠핑카 한 대 사서 여행을 다니고 싶어. 아빠의 말에 나는 아무 대답도 하지 않았다. 이 말을 기억해야지. 꼭 기억해서 내가 사 줘야지, 하고 생각했다. 우리는 그런 대화를 오순도순 나누다가 잠들었다.

캠핑을 마치고 집으로 돌아가서는 엄마의 눈치를 살폈다. 분명 뭐든 꼬투리를 잡아 성질을 낼 게 뻔했다. 다행히 엄마는 방 안에서 잠든 모양이었다. 집은 어느 구석에도 먼지 한 톨 보이지 않을 만큼 깨끗했다. 그날도 다음 날도 항상 깨끗하게 청소되어 있었다. 우리는 각자의 짐을 정리하고 조심조심 거실에 모였다.

즐겁게 여행을 다녀온 화목한 가족, 아무 소란 없이 지나가는 하루. 그런 분위기로 마무리하자. 아빠와 나는 암묵적으로 오늘이 무사히 지나가길 기도했다. 티브이를 켜자마자 볼륨을 줄이고 거실에 불을

꼈다. 엄마가 잠든 방문이 바닥을 타고 나를 뾰족하게 찔렀다.

엄마는 왜 다른 엄마들처럼 사람들과 편히 어울리지 않을까. 엄마는 왜 맨날 집에만 있을까. 엄마는 왜 친구가 몇 명 없을까. 우리 집엔 왜 사람들이 놀러 오지 않을까. 엄마는 왜 매일 날카로울까.

날이 갈수록 내 얼굴은 점점 무던해졌다. 화난 엄마 앞에서도 태연한 표정으로 냉장고를 열었다. 명랑하게 혼잣말을 했다. 싸늘한 공기 속에서 몰래 아빠의 표정을 살폈지만, 신경 쓰지 않기로 했다. 분위기에 휩쓸리지 않는 사람처럼, 누가 뭘 하든 속없이 구는 사람처럼 장난스러워졌다. 몰래 발끝을 세우고 버티듯이, 잔뜩 힘준 마음을 가족들에게 들키지 않으려 했다.

수년이 지나고도 엄마는 예민했다. 속은 여리고 다정한 사람이라는 것쯤은 나도 알았지만 크게 신경 쓰지 않았다. 아빠도 내게 더는 새로운 세상을 열어 주지 못했다. 주말이 되면 모두가 거실에 누워 티브이를 보았다. 나는 그때마다 방으로 들어갔다.

방문을 자주 닫았다. 거실에서 가족들이 웃고 있어도 방문을 닫았다. 밥을 먹고 나면 바로 방으로 들어왔다. 은신처. 몰래 숨을 쉬고 힘을 빼는 공간. 닫힌 문을 열면 딸의 얼굴이 된다. 작업실 밖으로 나가 친구를 만나는 날엔 누군가의 친구로서 행동하고, 가게에 들어가면 손님이 되어 인사하는 것처럼, 그들에게도 딸처럼 누나처럼 행동하는 것. 그 역할을 부여받은 것처럼 가끔은 방문을 열어둔 채 견디기도 했다.

함께 있는 게 자연스러운 가족들이 신기했다. 혼자가 외로워서 사람을 찾는 이들이 부러웠다. 함께 있어야 더 편안한 사람들이 의아했다. 방문을 열고 자란 걸까.

내겐 그게 어디든 함께인 곳은 바깥이 되었다. 아늑한 집안이라도 내 앞에 사람이 한 명이라도 있으면, 그곳은 외부의 영역이 된다. 역할이 생기는 거지. 그러니 혼자 있어야만 편안해져. 힘을 풀어도 되니까.

이제 그 방에서 내가 없어진 지는 십 년이 넘었다. 내 몸집은 커졌지만, 아빠는 캠핑카를 사지 않았다. 별이 비치는 곳으로 여행을 떠나는 일도 없어졌다. 나는 엄마의 나이가 되었다.

또 사람을 아무도 안 만난 지 열흘이 지났다. 커다란 화면을 앞에 두고 있다가 배가 고프면 종종 라면을 끓여 먹는다. 가끔 삼양라면을 사 먹기도 하는데, 도무지 예전의 맛이 나지 않는다. 기억이 낯설다.

화장실에 서서 양치를 하다가도 문득 어딘가 낯설어진다. 거울에 비친 내 얼굴을 유심히 살핀다. 세상과 어울리지 않는 표정, 나는 자꾸만 당신을 이해하게 된다.

은둔 생활

일상을 지속하는 것만으로도 에너지가 가득 쓰인다. 침대에서 나오는 것부터 버거운 일이지. 운동하고 샤워하고 메뉴를 고민하고, 출근해서 써지지 않는 글을 쓰고 그러다 막힐 때쯤이면 컴컴한 길을 혼자 걷고, 그림을 그리다가 걸려 온 친구의 전화를 받고, 엄마의 메시지에 답장하다가 더 잘 살아야겠다는 일말의 책임감을 어깨에 진 채로 커피를 내리며. 귀찮은 삶을 어떻게 해야 덜 귀찮게 살 수 있을까, 고민하다 보면 하루가 끝난다. 매번 약속이 있고 애인을 만나고 에너지를 발산하며 지내는 사람들이 대단하게 느껴졌다. 나는 생각만 해도 피곤한데.

사람들은 한 번 살다가는 인생 열심히 사랑하고

즐기자고 외치지만, 그런 열정이 내겐 생기지 않았다. 오늘도 냉장고에 남은 식재료를 어떻게 해치울지 고민해야 했고 이번 달 카드값에 대해 걱정해야 했고, 벌써 올해가 반이나 지났다는 사실에 절망하다가 애써 기운을 내야만 했다.

어떻게 해야 일을 더 잘할 수 있을지 끊임없이 고민해야 했고 늙어가는 부모를 안심시켜야 했고, 한번씩 밖을 나가서 친구들을 만나야 했다. 아무도 모르게 죽은 사람처럼 혼자 살고 있어도 괜찮겠다는 생각이 들 때마다, 고착된 세계에 머무르지 않아야 한다며 나를 꾸짖었다.

밤과 낮이 교대로 흘렀고 컴퓨터 화면을 눈앞에 둔 채 몇 달을 흘려보냈다. 간간이 약속이 잡히면 기차를 타고 서울로 올라가서 깔깔대다가, 아무도 없는 동네로 다시 돌아왔다. 매일 조금씩 변하는 달을 바라보며 식은 열정을 찾았다가 잃기를 반복했다. 나의 하루가 소진되는 동안에도 세상은 아무렇지 않게 돌아가고 사람들은 저마다의 방법으로 쓸쓸한 새벽을 돌보며 살아간다. 나는 아무도 모르게 강 아래로 떠내려갈 것만 같이 무화된 기분을 자주 느꼈다.

어두운 방에서 화들짝 깨는 날엔 몸을 움직이려 심장과 떨어진 근육부터 까딱까딱 움직여본다. 손가락 하나하나, 발가락 하나하나. 인간은 참 대단하지. 같은 근육과 장기로 몇십 년을 살고, 건전지도 없는데 스스로 직립보행을 해. 듣고 읽고 말하고 느끼고, 채 마르지도 않은 감정들을 멀쩡한 얼굴로 덮어두고 살아. 축적된 기억들이 삶의 밑동에서 한 겹씩 맞물려 눅눅해지는 거야.

슬픔과 기쁨, 사소하고 비대한 감정들이 맞물리다가 서로를 알아볼 수 없을 만큼 짓눌리면 그게 또 다른 얼룩을 만들어. 일찍이 돌아보지 않으면 알아차릴 수 없을 만큼 무겁게 젖는 거지. 축축하게 젖은 솜을 꼭꼭 억누르며 망각한 듯 살다가, 이리저리 번지는 얼룩을 신경 쓸 새도 없이 오늘에서 내일로, 또 내일로 몸을 운반하면서 나이를 먹는 걸까.

어리고 반짝이던 나를 유실한 건 언제부터였나. 하고 싶었던 것들에 더는 욕심이 생기지 않았던 게 언제부터였나. 커다란 욕심을 갖지 않는 것, 그게 나를 살게 했던 걸까. 난 내 삶에 더는 가망을 느끼지 못한 채 적당히 만족하며 적당히 살아가고 있던 걸까.

시 들 더 라 도
피 어 보 기 로

세상에 더 남아있을 수 있도록, 잘 지켜야 했던 사람들이 하나둘 타계했단 소식을 들을 때마다, 와중에도 살고자 이성을 잡는 내가 역겨웠다.

덧없는 인생이다. 호흡하는 아름다움은 왜 금방 시드는 건지. 좋은 건 늘 아쉬운 건지. 잘 살아낼 거라 기도했던 이들이 조용히 꿈을 접는 동안, 나는 고작 생을 조금이라도 간편하게 살려는 궁리만 했으니.

하늘로 추락하는 새. 삶의 굴곡에 미끄러져 아린 발목. 욕망과 권태 사이를 왕복하며, 비관과 낙관의 고지를 수차례 넘기며. 바닥이 없는 아래로 더 아래로, 거꾸로 흘러가던 우리들. 사방이 열려 있는데 어디로도 나아가지 못하는 날. 활짝 열린 문을 두고도 지난 열쇠를 찾는 날. 슬픔은 지속되는 반성이다.

오랫동안 후원하는 아이가 있다. 내가 처음 받아본 사진 속에서 아이는, 호스를 꼽고 작은 병원 침대에 곤히 누워있었다. 그 뒤로 아이의 근황에 대해서는 묻지 않았다. 통장에서 돈이 빠져나가면 그만이었다. 조금이나마 보탬이 되리라는 염원 뒤엔 부디 아직 살아있어라, 하는 기도가 따라붙는다.

장례식에 다녀오는 아빠를 바라보기만 하던 나에게도 이제는 사랑하는 이들의 죽음이 남의 일이 아니게 되었고, 나는 미리부터 가족과의 작별을 준비하고 있었다. 그러니 지금이 아니면 앞으로 영영 전하지 못할 사랑을 가늠한다. 이때가 아니면 할 수 없는 일들을 펼쳐본다. 어떤 용기는 허망한 땅에서 몰래 피었다. 사라질 거란 불안이 빚은 용기다. 다른 세계가 있다면 그곳에서 다시 만나기까지 겁 없이 일어나 피어나겠노라 마음을 전한다.

원고를 쓰다가, 동료 작가의 부고 소식을 들었다. 그는 내 동생과 같은 꽃다운 나이였다. 이내 사라진 것들을 떠올린다. 조금 울 것 같았으나, 할 수 있는 것들을 해야만 한다.

나는 미뤄뒀던 겨울옷을 박스에서 꺼냈다.

군중 속의 고독

"내가 무난하지 않아서 속상해."

경이 나를 찾은 건, 그녀만큼 나도 세상에 이물감을 잔뜩 느끼며 살아왔기 때문일 거다.

"평범한 사람이 어디 있어. 그냥 다 끼리끼리 어울려 지내는 거지. 유유상종. 도긴개긴." 다 맞는 사람들끼리 지내는 거란 말을 툭툭 내뱉긴 했지만, 실로 그랬다. 내가 지내던 곳에서 조금만 나오면 어딘가 낯설고 어울리지 않는 이방인의 기분을 몰래 느낀다.

추구하는 바, 삶을 대하는 가치관, 대화의 맥락이나 온도. 나는 나와 다른 그들이 신기하면서도 이런

게 혹시 평범한 대화일까 생각했다. 그들도 다소 즉흥적인 나를 신기하게 바라본다. 나는 어딜 가나 말주변이 없어 헛소리나 해대는 편이라지만, 똑 부러지고 친절한 경의 속상함엔 나도 모를 이유가 많았을 터다. 그러나 나와 전혀 어울리지 않는 공기 속에서, 내가 어떤 사람이고 무엇과 어울리는지 정확히 알게 될 때가 많다.

나는 학창 시절 때부터 지금까지, 경으로부터 느껴지는 분위기를 동경했다. 그녀에게선 어두운 암실로 흘러들어온 한 줄기 햇살이 연상된다. 은은한 빛이 유리 조각에 부딪히며 반짝이는 찰나, 그 첨예하고 아름다운 순간을 닮았다. 나는 한참 후 경에게 말했다.

"무난이고 나발이고 나는 이채로운 네가 좋아.
선명하고 짙은 너만의 분위기를 사랑해."

사 라 지 는 꿈

내게도 다독의 시절은 있었다. 하루에도 몇 권의 책을 완독하며 평생 이렇게만 살아도 소원이 없겠다고, 푹 빠져 살 때가 있었다. 어릴 적부터 아빠는 새 책을 담은 갈색 봉투를 내게 건넸다. 그 봉투를 열면 《셜록 홈즈》라든가, 《우리들의 일그러진 영웅》, 《모랫말 아이들》같이 내가 읽고 싶었던 책들이 불쑥 튀어나왔는데, 나는 그때 가장 신이 났더랬다.

그 시절 소녀는 《잔 다르크》를 처음 읽고 '나도 잔 다르크같이 멋진 여성이 되어야지.'하며 이야기 속 캐릭터에 한껏 몰입했다. 집에서 엄마가 처음으로 읽어준 《인어공주》는 아직도 잊지 못한다. 바깥의 여느 엄마들과 다를 것 없어 보였다.

마트에 들르면 책 파는 코너를 향해 혼자 서성이던 작은 아이, 초등학교에서 바자회라도 하는 날이면 헐값에 내놓은 책을 몇 권 사서 품에 안고 돌아오는 게 가장 행복했던 아이, 같이 글을 쓰던 친구가 첫 책을 출간했을 때 내 일처럼 기뻐했던 나는, 몇 년 전까지만 해도 서점을 둘러보며 '내 책이 여기에 같이 꽂혀 있다면 얼마나 좋을까.' 상상했다. 그리고 어느새 나도 작년 봄쯤 책을 출간했다. 처음 낸 책치고 좋은 성과를 이뤘지만 웬일인지 썩 기쁘지 않았다.

나는 어릴 적 엄마의 뒷모습을 자주 보았다. 엄마가 놓은 손을 가만히 쥐고 뒤를 따라가다가 조용히 서 있었다. 엄마는 작은 점처럼 점점 사라졌고, 멀어진 나를 한 번도 확인하지 않았다. 결국 사람들이 붐비는 밤거리에 혼자 멀뚱히 남았다. 왜일까 생각했다. 실수일까. 혼자 집에 갈 수 없었던 나는 근처 옷매장 앞으로 찾아간 뒤 일부러 울었다.

어릴 땐 밖에서 울면 어른들이 다 해결해 주더라. 슬쩍슬쩍 눈치를 보내는 나를 젊은 직원이 발견하더니 매장으로 데리고 들어갔다. 나는 매장에 들어가자마자 울음을 그쳤고, 그는 경찰이 오기 전까지 나랑 놀아줬다. 집에 가기 싫어질 만큼 재밌게 놀아줬던 기억이 난다. 매장 안에서 놀다 보니 경찰이 들어왔고 나는 길을 잃어버렸다며 아빠의 번호를 또박또박 불러줬다. 잠시 뒤 나를 찾으러 온 아빠와 함께 집으로 돌아갔다.

엄마는 매번 아무 일도 없었다는 듯 집에 있었다. 의아했다. 그 뒤로는 나를 두고 가는 엄마를 잠잠히 바라보다가 길을 틀어 공중전화로 걸어갔다. 콜렉트콜(수신자 요금 부담 서비스)로 아빠에게 전화를 걸어 길을 잃었다고 말했다. 그렇게 자꾸 사라졌다.

할머니집에서 다 같이 자는 날엔 눈을 뜨면 자꾸 없어졌다. 잠들면 사라진다. 잠에서 깬 동생이 아무것도 못 느끼길 바랐다. 나는 동생에게 엄마랑 아빠가 잠시 놀러 간 거라고 말했다. 그 집에 남은 우리를 바라보던 할머니는 재작년 사라졌다. 할머니가 사고로 돌아가시기 이틀 전, 내 꿈에 할머니가 나왔고 내 눈앞에서 죽었다. 그때 내려갔다면 할머니는 지금 살아계셨을지도 모르겠다만 나는 하릴없이 책상에 앉아 일을 했었다. 바로 전화라도 드렸다면 내 책이 서점에 있는 걸 같이 볼 수도 있으려나.

당시엔 일만 했다. 내가 사랑하는 이들을 지키려고 아등바등 돈만 벌려던 심산이었다. 내가 다 지켜야 한다는 알량한 책임감에 사로잡혀 있었다. 새벽 다섯 시에 걸려 온 엄마의 전화를 보았을 때 무슨 일이 생긴 거구나 직감했다. 놀라지 말라던 말을 듣고 왜 그러냐며 되묻던 몇 초간, 며칠 전 꿨던 꿈이 현실이 된 걸까 제발 아니길 바라며 억겁의 기도를 했다.
"지은아, 할머니가 방금 돌아가셨어."

나는 그 말을 듣고 멍하니 남은 작업을 마무리하다 천천히 몸을 씻었다. 다이어리에 할머니가 돌아가셨다고 적었다. 검은 옷을 찾아 입고 버스를 타고 기차를 탔다. 창밖을 멍하게 보았다. 비가 내리던 아침이었다.

장례식장에 도착하자 할머니의 얼굴을 짧은 목에 합성한 영정사진이 그곳을 지키고 있었다. 나는 예전부터 할머니에게 제대로 된 영정사진 하나 없지 않을까 하고 걱정했는데, 실로 그랬다. 제대로 찍어둔 사진 한 장 없었다. 뭐든 혼자만 생각하고 살던 내가 싫어졌다. 미친 사람처럼 울고 싶었지만 울지 못했다.

우산 밑으로 빗물이 흘렀다. 그때도 코로나가 심했고 장례식장은 조용했다. 새벽까지 할머니 영정사진 앞에 쭈그려 있다가 향이 꺼지면 새로 피웠다. 배가 고프면 혼자 육개장을 먹었다. 홀로 남은 아빠가 쓸쓸해 보였다. 사람들이 오갈 때에도 할머니 영정사진을 계속 바라보고 있던 아빠가, 할머니는 참 기고한 운명이었다고 말하던 아빠가, 이젠 남은 엄마마저 죽어버린 아빠의 텅 빈 얼굴이 너무 슬펐다.

며칠 후 화장을 하는 날, 할머니의 시신에 마지막으로 손을 올렸다. 다음에 또 보자고 말했다. 눈물이 목을 가득 채워버려서 더는 말을 꺼낼 수 없었다. 제대로 울지도 말하지도 못했다. 죽은 할머니가 담긴

관이 화염 속으로 들어갔다가 나왔을 땐 하얀 가루만 남아있었다. 처량했다. 그렇게 고생을 하고 지낸 생의 결말이 한 줌의 가루라는 게 허무했다. 바깥은 언제 흐렸냐는 듯 비가 그치고 날이 맑아졌다.

멈춘 시곗바늘

꿈에서 나는 자주 의문의 상대에게 쫓기고, 사랑하는 이들이 죽는 걸 바라봅니다. 시계를 바라보고, 빈 팔목의 시침이 돌아갑니다. 소매에 묻은 각자의 슬픔을 주시합니다.

기억에서 지울 수 없는 그날로 다시 돌아간다면, 나는 천연덕스럽게 바지를 주워 입고 동네가 떠나갈 듯 꺼억꺼억 울었을 겁니다. 내가 많이 슬프다고 알렸을 겁니다. 그러나 그날을 온전히 기억하는 사람은 나밖에 없습니다. 그러나 나는 여전히 이곳에 적지 못합니다. 그러나 또 감사하게도, 그런 날들이 있었기에 나는 쓰고 있습니다. 쓸 수 있기에 살아가고, 살아내고 있기에 사랑할 수 있습니다.

다시 희망을 갖는 내가 있습니다.
사라지지 않는 내가 있습니다.
그리고 나의 활자를 껴안은 당신이 있습니다.
구태여 우리가 잘 이겨내길 바랍니다.

저 장 강 박 증

오래된 책을 중고서점에 파는 사람들도 더러 있지만 나는 뭐 하나 쉽사리 버리지 못했다. 기억력이 워낙 안 좋은 탓에, 품에서 사라지면 없던 것처럼 잊었다. 좋다고 환장한 노래의 제목도 쉽게 잊어버렸고 며칠만 빨래를 미루면 수건을 개는 법도 까마득해 머뭇거린다. 한 달만 술을 안 마셔도 소맥 타는 법까지 잊어버리니 하루를 넘기는 일이 위태롭다. 오래간만에 라면을 끓이고자 마른 냄비에 면부터 넣는 사람이 여기 있다. 반면에 놀라울 만큼 몇몇 분야에 대해서는 빠짐없이 기억할 때가 있는데, 그럴 때마다 내 뇌에게 약 오른다. 나의 두뇌야, 이럴 거면 다 잘 기억해 줄 순 없겠니. 삐빅— 그럴 순 없습니다.

용량을 가득 차지하는 사진첩, 해마다 적는 다이어리, 창고에 박힌 갈색 추억상자 등. 사라지면 기억할 수 없는 것들에 애착하고 또 애착했다. 막 뜯은 새 제품보다 서사가 담긴 물건을 더욱 각별히 여겼다. 그러거나 말거나 더 짜릿한 쪽은 새 제품이다.

철 지나 유행에 맞지 않는 옷과 싸구려 신발들, 식물이 죽어 텅 비어버린 화분들마저도 그냥 버리면 될 것을 한참을 망설이다 겨우 버리곤 했다. 아까운 기억을 내 손으로 직접 지워내는 자책감을 느낀다. 내게 가장 소중한 게 뭐냐고 묻는다면, 단연코 '기억'이라고 답할 것이다.

기억은 상상력의 자양분이라던 소설가 에이미 탄의 말에 전적으로 동의하며 지냈다. 내가 지나온 소소하고 기상천외한 시간들을 나 아닌 누가 대신 기억하리. 기억하지 않으면 어떻게 글을 쓰며 살아가리. 떠오르지 않아 나누지 못한 대화, 깊이 사랑했지만 잊어버린 것들 앞에서 얼마나 서럽던지. 도대체 내 소중한 전두엽이 얼마나 손상된 건지 애석한 마음을 감출 수 없었다.

내가 어느 정도 저장강박증에 해당할 거라 예상했지만, 대수롭지 않게 넘겼다. 세계적인 팝아티스트 앤디 워홀도 온갖 잡동사니를 모아두던 저장강박증에 가까웠다고 하니, (물론 그는 그걸 상쇄할 만한 천재 예술가지만) 나도 영감을 위해 필요한 것들이라 합리화했다. 도리어 나도 혹시 천재가 아닐까, 하며 하등 쓸모없는 상상을 한 적도 많다.

언젠간 쓸 일이 있을 것 같아 버리지 못한 물건들, 그걸 버리면 관련된 정보를 완전히 잃어버리게 된다는 생각에 두려움을 느끼는 것. 그러나 정작 그 물건들에 애정을 두지 않고 그대로 방치하는 행동 때문에 짐은 점점 불어났고, 나는 흐린 눈으로 그것들을 피해 다녔다.

추억상자랍시고 열어보지도 않을 물건들을 상자

에 모아두었으나, 도저히 버릴 수 없었다. 많은 짐들 덕분에 작업실과 집은 무조건 창고가 있는 넓은 곳으로 구해야 했다. 이사라도 하는 날엔 정말 엄두가 안 나겠다며 걱정했는데 하필 조만간 두 곳을 모두 비우고 이사를 해야 하는 위기에 봉착하고 말았다.

이사 준비를 앞두고 창고를 열었다. 예상했던 것보다도 짐이 훨씬 많았다. 갈색 박스들에 무엇이 들었는지는 이미 잊어버렸다. 그러나 저 박스를 열기만 하면, 망각된 장면들이 솟구칠 거란 기대감에 심장이 두근거린다.

나는 또 뭘 해야 했는지조차 까먹고, 저장강박증에 대해 흥미가 생겨 검색하기 시작했다. 작년에 관련 서적을 구매한 적 있었는데 사 놓고 읽지도 않았다. 어딘가엔 있겠지. 늘 이런 식이다. 좌우지간 스크롤을 내리며 정보를 샅샅이 뒤지다가 점점 마음이 착잡해졌다. 물건을 쉽게 버리지 못하는 버릇을 단지 '글을 쓰기 위해, 기억 밖으로 사라지는 걸 원치 않아서, 언젠가 필요할지도 모르니까.'라고 정당화하며 지냈지만, 저장강박증엔 차마 몰랐던 여러 원인과 증상들이 있었다.

저널리스트 프란신 루소는 저장강박장애를 가진 사람들이 "어린 시절, 애착 형성에 문제가 있었을 가능성이 높다."라고 했다. 즉, 사람에게 애착하는 대신 물건에 애착하게 되는 것이다. 또한 낮아진 기억력에 대한 보상심리로도 생겨날 수 있단다.

특히나 현대인에게 자주 등장하는 증상은 전자기기에 저장된 데이터를 지우지 않는 행동, 온갖 사진과 자료를 담아둬서 휴대폰이 꽉 차 있지만, 지우려고 하면 불안감을 느끼는 사람들도 심하면 저장강박증으로 분류될 수 있다고 했다. 하지만 보통 성격적 문제로 치부되어 쉬이 넘기는 경우가 많다고 한다. 내가 그랬다. 게으르고 예민하고 까탈스러워서, 원래 좀 유별나니까 그러겠거니 했다.

물건을 쌓아 두는 행동은 완벽주의, 정보나 물건을 잃어버려서 후회하는 것에 대한 두려움, 물건에 대한 지나친 애착, 집중력 감소, 결정 장애 같은 부정적인 생각들과 관련된 경우가 많단다. 또한 주의집중력 결여, 우울증, 슬픔도 주변을 정돈하지 못하고 지저분한 것들을 쌓아 두게 만든다고. 때문에 사회적 고립감이 심해질 수 있고, 인간관계에 문제가 생길 수 있다고 읽었다.

나는 그로부터 한참을, 이제껏 버리지 못하고 쌓아뒀던 물건들과 바깥에서 귀엽다며 주워 온 요상한 것들, (작업실 계단에 투척된 각색의 일수 명함이라든지) 그리고 따돌린 불안에 대해 떠올린다. 서랍 안쪽에 보관한 파우치엔 두툼한 영수증 뭉치와 몇 년이 지난 영화 티켓, 기차표 등을 모아놨고, 헤어진 연인들과의 사진은 단 한 장도 지우지 않았으며, 수많은 사진이 들어있던 클라우드가 삭제된 날엔 모든 걸 잃은 사람처럼 커다란 상실감을 느꼈다.

물건의 쓸모를 구분하는 데에 어려움을 겪었고, 추억이 깃든 물건은 어떻게든 보관하려 했다. 작업실이 발 디딜 곳 없을 정도로 지저분해지면, 친구들이 놀러 온대도 지금은 더러우니 다음에 오라고 당부했다. 출입을 막은 곳에서 홀로 지내는 시간이 길어진 것도 그 이유가 팔 할이었다.

부정적인 에너지는 폭발하지 않고 고스란히 우리 내면으로 들어간다. 존재 안으로 파고 들어가 사람을 변화시킨다. 불안이 지속되면 그렇다. 긍정을 방해하여 자신을 의심하게 만들고 포기로 이끈다.

귀찮음과 게으름은 번거로운 일들을 가뿐히 내팽개치기에 좋은 핑계였고, 보다시피 나는 그에 딱 맞는 옷이 된 듯 익숙해졌다. 귀찮음은 곧 두려움이라는 말, 두려움을 뒤따르는 불안과 회피. 그걸 이불처럼 끌어안고 사는 사람이 있는 반면에 몸을 일으켜 곱게 정돈하고 살아가는 이들이 있다. 나는 그들이 부럽고 대단해 보여서 몇 번이고 따라 하다가, 이윽고 되돌아왔다.

실패가 이어지면 관성으로 바뀐다. 표면적으론 평범한 일상을 살아가고 웃고 희망찬 표정을 지을 수 있지만, 결국 마음속 무력감은 사라지지 않을 것이다. 아무리 노력해도 바꿀 수 없는 기질일까, 그렇게 생각하면 아무것도 중요해지지 않았다.

아무렴 그래도 이렇게 포기할 순 없어서 나는 하루에도 몇 번씩, 어쩌면 깨어있는 모든 시간을 '어떻게 해야 나란 인간을 개조할 수 있을까?'에 대해 고심했다. 마음의 문제라면, 저마다 다른 방법으로 불안을 속이고 사는 거라면, 내게 가장 건강하고 유익하며 실패할 가능성이 적은 방법이 무엇일까. 쇼펜하우어의 말마따나 실패했대도 다시 실행하고, 더 나은 실패를 해야겠다는 마음으로.

내가 내린 결론은 이곳을 벗어나 서울로 거주지를 옮기는 것이었고, 그 명분 하나로 쌓아온 물건들을 하나둘 버리기 시작했다. 스스로 변할 수 없다면, 그렇게 할 수밖에 없는 환경을 만드는 게 최선이었다. 환경이 사람을 만든다는 말에 살며시 기대를 얹는다. 덧붙이자면 이 글을 온갖 잡동사니로 뒤얽힌 집과 작업실의 처참한 풍경을 보며 쓰기 시작했고, 나는 그간 두 곳을 오가며 며칠에 걸쳐 물건들을 버렸다.

곳곳을 정리하며 발견한 갈색 추억상자 속엔 지난 세월이 여과 없이 담겨있었다. 몇 번이고 주저앉아 추억에 잠기기 바빴지만, 잊힐 것은 잊히는 대로 놓아주기로 했다. 사라질 기억을 겁내기 전에 아무리 발버둥 쳐도 사라지지 않을 현재에 더 충실하기로, 지나간 추억을 붙잡아두기보다 봄처럼 다가올 따스한 사랑에 대비하기로. 도대체 언제 올지는 모르겠지만 아무튼, 조금 더 해방된 마음으로 살아가겠노라.

다시금 위태로이 흔들릴 때면 잠시 멈추어 현재의 감각에 집중한다. 피부에 머무는 공기, 귓가에 들리는 소리, 내게 남아있는 사람들. 지금 이 순간은 붙잡으려 애쓰지 않아도 내게서 멀어지지 않는다고. 현재를 충분히 만끽하고 호흡하라고 속삭인다. 그리고 천천히 놓아주기로 한다.

한 입 남은 디저트처럼,
남기고 떠나도 아쉽지 않은 사람으로.
기꺼이 살아갈 수 있도록.

분명 또 질리고 불편하고

귀찮아질 수 있다.

그러나 더 행복해질 수도 있다.

Part 5

무엇도 되지 않았으므로

태어난 김에
사는 사람

한 번은 〈카니발carnival〉이라는 노래가 좋다던 오빠에게 카니발이 무슨 뜻인지 몰라 자동차 종류 아니냐고 물었던 적 있다. 그런 내게 오빠는 "넌 참 가진 것보다 잘된 케이스구나?" 하고 웃었는데 그 말이 웃겨서 나도 낄낄 웃었다. 일홍이는 태어난 김에 살잖아. 누구도 나에게 기대하지 않는 말로 곁을 지켜주길 원했다.

머리카락이 자라면 거울 앞에 앉아 신문지를 깔고 가위를 들었다. 몇 년을 거울 앞에서 혼자 잘랐다. 가끔 염색약을 주문해 다른 색으로 염색하는 날엔 기분이 한결 좋아졌다. 단순하고 즉각적인 기쁨은 서투른 일상을 잠시 가려두기에 최적이었다. 몇 벌의 추

리닝으로 한 계절을 보내다가 약속이 생길 때면 입을 옷이 없어 허겁지겁 옷장을 뒤졌다. 역시나 딱히 입을 건 없었다.

대충 살고 싶은 마음과 잘 살고 싶은 마음이 충돌하던 날들엔 모순으로 가득했다. 아무도 내게 기대하지 않기를 바라면서도 누구도 실망시키기 싫은, 알량한 인정욕구에 지배되었던 것이다.

거울아, 세상에서 누굴 제일 사랑하니

웃음은 울음의 연습일 뿐이라고 여기던 때가 있었어요. 시간을 꽉 채운 사람들 사이에서 나는 빈틈처럼 편안한 표정을 지어야만 했다고, 사랑했음에도 사랑이 뭔지 몰랐다고, 모순과 오류로 뒤엉킨 삶이라고. 나와 당신을 향한 부정이 길어질수록 여름은 깜빡이듯 지나갔고 행복을 추억할 길은 좁아졌어요. 노래 가사에 사랑이란 단어가 끼면 금세 지겨웠어요. 거울에 묻은 손자국을 지워내지 않고 허둥지둥 나서기 바빴어요. 나를 사랑한 적 없는 내가 거뭇하게 묻어 있는 줄, 이제야 알았어요.

들리는 말들

아 너무 웃겨. 귀여워. 편해. 작가님은 따뜻하고 사랑스러운 사람인 거 같아요. 사람이 겁나 차가운데 겁나 뜨거워. 너 같은 남자친구 만나고 싶어. 왠지 나를 다 이해할 것 같아. 답이 없어, 넌 너무 게을러. 하면 되는데 미루는 애. 알면서 안 하는 애. 알람 소리 절대 못 듣는 애. 사람 만나면 한 달은 족히 박혀 있는 사람. 넌 안 외로워? 너는 참 인싸 재질인데 인싸가 되기 싫어서 작업실에 너를 가두고 사는 게 너무 재밌어. 어두워도 잘 지내는 사람. 맨날 까먹는 사람. 아니, 너는 왜 안 놀래? 뭔 말을 해도 타격이 없는 애. 표정이 없어. 그게 웃겨. 넌 진짜 사람한테 기대가 없구나. 왜 전화 안 받아. 청개구리. 넌 조바심이 없는 거 같아. 어디서든 여유롭고 느긋해. 우린 도대체 언제 만나. 말할 때 영혼 좀. 내 사람만 만나는 애. 여행 같은 사람. 계획만 주야장천 세워놓고 아무것도 안 하는 사람. 토마스 닮았어. 잠만보. 넌 돈을 먹는 데에 다 쓰는 거야? 근데 진짜 맛있게 먹는다. 순애보. 너 없었으면 우울증 걸렸을 거 같아. 나 어제 꿈에서 너 자살하는 꿈 꿨어. 이거 봐, 나 놀래서 검색까지 했어. 벚꽃 보는데 언니 생각났어. 지은이는 매일 새로워. 책임 없는 쾌락주의. 넌 진짜 아무것도 안 하는데 사람들이 왜 좋아하는 거지. 지은이가 행복했으면 좋겠어. 네 인생은 정말 시트콤이야. 넌 사람이 왜 이렇게 어두워. 일홍이 정말 매력적이야. 내가 너 그럴 줄 알았어. 오 웬일이래? 정지은이 정지은 했다. 얘 은근히 똑똑하다니까. 정신 좀 차리고 살아, 제발. 누나 진짜 성공하자, 그게 내 소원이야. 내 딸 사랑해.

우리가 어떤 이유로 여기서, 치즈케이크를 먹고 있는 건지 몰라

"인생이란 뭘까."
"이게 인생일까."
나와 내 친구들 사이에서 하루에 열 번은 더 뱉는 탄식이다.

쓸쓸히 굶어 죽는 것보단 애쓰며 살아가는 쪽을 택했지만, 견뎌야 하는 것에 시시로 환멸을 느낀다. 그러니 잘 살고 볼 것이지, 괜히 세상 만물이 고깝게 느껴지고. 내가 왜 살고 있는지, 나는 누구고 여긴 어디인지, 내가 뭣 하러 이러고 있는지 아직까지도 왕왕 고민하는 건 아마, 공들여 탑을 쌓아봤자 빈손으로 떠나야 하기 때문일 텐데. 그러니 예부터 인간을 '세상에 내동댕이쳐진 존재'라고 하던 철학자가 있던 걸 텐데. 아니 그러니까 하이데거도, 니체도 모두 결국 존재하지 않는 이 판국에 이게 무슨 소용인가.

간혹 내가 어느 쓸모도 느껴지지 않을 때, '이렇게 살아갈 바에 애초에 인간으로 태어나는 게 맞긴 했나? 나에겐 너무나도 귀찮은 게 인생이로다. 길가에 돌멩이나… 다른 가축으로 태어나야 했던 건데 실수로 인간이 된 게 아닐까?'하는 니힐리즘에 빠지게 된다.

인간들은 뭐 하러 태어나서 이렇게 땅 위에 빌딩을 세우고 아스팔트를 깔고 아침부터 일어나 피곤하게 살아갈까. 고작 창백한 푸른 점에서 지옥철이라 불리는 지하철에 끼어 출근하고, 골골대는 몸으로 병원을 다니고, 성적 때문에 비관하고, 돈 때문에 싸우고, 사랑에 아파하며, 또 그것 때문에 웃고 울고.

인생의 목표는 행복이라며 행복이란 글자를 좇다가. 남의 시선이나 신경 쓰며 잘나 보이려 노력하고 인정받기 위해 위로 더 위로 향하며, 무언가를 해

내야만 존재를 실감하고 방구석에선 멍하게 앉아 외로움을 느끼다가 이상과 현실의 괴리에 고통받고, 자식 때문에 겨우 살아가고. 다들 결국 죽는다는 걸 알면서도 이렇게 살아가는 게 맞는 걸까. 이러려고 태어난 걸까. 물론 나도 예외는 아니다.

"얘들아, 인생이란 뭘까."

귀찮음을 견디는 것. 두 시간 안에 발표 자료를 만들어야만 내일 아침에 일어나서 풀 메이크업을 할 수 있는 X같음이지. 모르겠어. X같은 거죠. 그냥 사는 것. 나를 지켜내는 것. 돈 벌어 돈 써서 돈 먹고 돈 싸며 관에 들어갈 때까지 돈 드는 것. 속은 항상 순수한데 겉만 늙어가는 거. 인생은 왕자님처럼 사는 거야! 맨날 먹고 싶은 걸 못 먹는 고문. 태어나 늙고 병들어 죽는 것, 생로병사. 사랑 그리고 아픈 것. 인생이란 여행이지.

인생 하나 물었을 뿐인데 욕이 난무하다. 와중에

도 사랑과 여행이라는 근사한 답변을 한 그녀들이 참 멋지다. 아무렴 당신들도, 그럼에도 살아가는 것이겠구나. 밥그릇 같은 인생이어도 살아가고, 어떻게 될 여행일지 모르는 생이어도 끝끝내 살아가는 거겠다.

때때로 이 나이 먹고도 "사랑이 도대체 뭔데, 나는 닭갈비도 사랑하고 고래도 사랑하고 다 사랑하는데, 그게 뭐 그리 대단한 거라고." 오글거려 하던 내가 늘 '사는 게 무슨 의미인가.' 질문을 던지던 건, 견디며 사는 게 헛되고 싶지 않았던 모양이다. 정확히는 애쓰는 것에 대한 이른 보상을 바란 거다.

물고기라고 이유를 알고 헤엄치겠나. 골목 모퉁이를 걸어가는 고양이라고 지 사는 의미를 알겠나. 인간으로 태어나 누릴 수 있는 삶을 우주가 준 기회라고 생각하며, 주인 잘못 만난 내 몸뚱이가 가엾다는 소리는 그만하고 감사히 살아야지.

매 순간 감사히 살라던 엄마 말이 옳았다. 내 부

모와 친구들, 나의 일과 사람들, 자연의 풍광, 지긋지긋한 알람소리와 체크리스트, 야식을 참아내는 고통. 모두 좋건 나쁘건 내가 살아있기에 겪을 수 있었던 행복과 고난이겠다. 아마도 그게 사랑이고 또 사랑을 겪는 여정이겠다. 숨이 멎는 순간까지 아름다움을 조각하던 미켈란젤로의 숭고한 삶을 상상한다. 내가 진정으로 바라는 바를 찾고 이뤄가는 것. 각자의 의미, 주관적인 기쁨과 슬픔, 꿈을 애정하는 삶.

눈에 보이지 않고 규정할 수 없는 '사랑'과 다름없이 인생에도 명료한 진리를 내세울 수는 없지만, 각자의 혼돈한 사랑을 품고 나누고 견디듯, 삶에도 각자의 의미를 부여하고 자신에게 보상을 느끼며 나아가는 거겠다. 인생이란 뭘까. 또 탄식을 뱉는다면 그럼에도 불구하고 긍정으로 삶을 지탱하며 사는 거라고, 나로서 사랑하며 지내는 거라고, 숨은 행복을 찾아주련다.

불현듯 내가 자각한 것들이 여태 작가로서 수없

이 해왔던 말임을 각성한다. 너무 많이 들어 평범하고 진부해진, 뻔하다는 이유로 무시하던 클리셰의 깊은 뜻을 나는 온갖 냉소와 허무를 지나고 나서, 이제야 제대로 깨닫게 된 것이다.

안개 바다 위의 방랑자

오랜 시간 내가 사물처럼 느껴졌다. 자연스레 웃어지지 않고 죽도록 울고 싶어도 울어지지 않는 고체 덩어리. 점화되지 않는 근육과 심장 아래에 눌린 목소리. 무언가 다 잃어도 될 것만 같은 기분. 나를 제외하고 모두가 그럴듯하게 살아가는 것처럼 느껴질 때. 아홉수라는 게 정말 실재하는 걸까. 이유도 방법도 모른 채로 아무런 희망 없이 흘려보내는 시간. 하고 싶은 것도 해야 할 이유도 못 느낀 채, 텅 빈 어항처럼 눈만 껌뻑였다.

당시엔 도무지 나아질 방도가 보이지 않았다. 살아 생전 처음 겪는 긴 슬럼프엔 내가 납득할 만한 이유가 없었다. 쉬지 않고 일을 한 게 한두 번도 아니고, 슬픈 일이 생긴 것도 아닌데, 어디에도 집중하지 못했다. 몇 달간 드라마 한 편도 완주하지 못했으며 밥을 먹다가도 멍해지는 내가 낯설었다. 물론 일도 제대로 할 수 없어서 들어오는 외주를 모두 거절했더니, 완전히 끊겨버렸다. 어떤 핑계도 변명도 댈 수 없었다.

내가 왜 이러는지 무엇인지 아무것도 모르고. 내겐 아무 일도 생기지 않았는데, 어느 것도 할 수가 없었다. 멀쩡하던 일상은 점점 망가졌다. 친구는 내게 잠시 쉬어갈 때도 있는 거라 말했지만, 쉬어가는 기분과 죽어지는 기분은 엄연히 달랐다. 흐려진 의식으론 누구와도 연락할 수 없었다. 혹시 이게 우울증일까. 우울할 일이 없는데 우울증일 수가 있나. 나는 호르몬 문제라 여겨 세로토닌과 도파민을 어떻게 늘려야 하는지나 찾아보는 게 전부였다.

친구들은 하나둘 음지에 처박혀 입을 틀어막은 나를 바깥으로 끌어냈다. 말도 없이 제주행 티켓을

끊어 비행기에 태우는가 하면, 가평에 있는 카라반으로 데려가 모닥불을 피웠다. 몇 명은 일이 끊겨 백수가 된 나에게, 내 작업물이 꼭 필요한 척 외주를 맡겼다.

주변에서 멱살을 잡고 아무리 끌어내도 돌아오면 없던 일이 되었다. 바닥을 향하는 통장 잔고, 가득 쌓인 메시지, 일이 끊겨 고요한 메일함, 아몬드를 씹어 먹으면서도 그냥 죽을까, 하고 수없이 스치는 자멸감. 나는 그것들이 두렵지 않아서, 두려웠다. 여태 살아오게 만든 것들이 모두 무의미해졌으며 어느 것도 절박하지 않은 내 존재가 무서웠다.

일어서야만 했다. 이대로 죽어도 아쉽지 않단 생각으로 살아왔지만, 실은 그래도 살고 싶어서, 아끼던 것들을 더 오래 아끼고 싶어서 오늘을 버티고 내 일을 맞이했던 것이다. 아침이 되면 사라지길 빌고 또 빌었어도, 봄날의 햇살과 아이스 아메리카노 한 잔이면 키야 그래도 이게 인생이지, 하며 살아지는 게 인간이라고.

그리고 이 시간이 지나면 증발할 기억들을 틈틈이 기록했다. 손가락만 움직이면 할 수 있는 것부터 시작한 거다. 가장 강하게 느껴지는 감정, 떠오르는 기억, 눈앞에 보이는 것, 지금 바라는 것……. 어떠한 주제나 맥락 없이, 무언가 떠오르면 닥치는 대로 적었다. 그렇게 몇 달을 기록했다. 그날의 메모들을 지금 펼쳐보면 마치 다른 사람의 일기를 훔쳐보는 듯 상당히 자학적이고 절망적이다. 그러니 자연히 '내가 이걸 왜 기록하고 있지.'하는 의문을 품었다.

아빠 손을 잡고 도서관에 다닐 때부터, 나는 좋은 글을 쓰고 싶었다. 흩어진 활자들을 모으고 모아, 언젠가 나도 훗날 길이 남을 문학을 하겠다고. 흘러가는 세상을 부단히 겪고 기억하려던 내게 '쓰는 일'은 살아갈 이유였고 꿈이었다. 나를 더 들여다보려던 날들, 타인에 대한 호기심, 오랜 학문에 대한 지적 갈증, 견문을 넓히고 혜안을 얻으려는 발악, 특히나 굳이

안 할 것 같은 짓들을 하고 다닐 때. (갑자기 아르바이트를 하러 갈 때라든지) 그 모든 게 글의 재료를 모아두려던 계략이자 생의 수단이었다.

여름이 가고 또 하나의 여름이 갔다. 나는 아주 조금씩 나아지고 있었다. 운동도 다시 시작하고 미용실에도 들렀다. 나의 가장 연약한 부분들에 새살을 돋게 만든 건, 마음먹지 않아도 하게 되는 것들이었다.

음악을 듣고 역사와 세상을 구경하며 글을 쓰는 일. 심장을 뛰게 만드는 일. 시키는 사람도 없고 돈이 들어오는 것도 아니지만 하게 되는 일. 그리고 암연 속으로 함몰되지 않도록 틈틈이 나를 두드리고 바깥으로 끌어내던, 마음 빌 곳 없도록 내내 채워주던 다정한 사람들이었다.

결국, 사랑하는 것들이 나를 움직이게 만든 것이다.

자연히 피어나는 꽃잎처럼

어떤 일이든 해내야 했다. 그렇지 않으면 다시 주저앉을 것 같았다. 나는 귀찮음을 무릅쓰고 근 수년을 미루고 미루던 치아 교정을 하기 위해 치과에 들렀다. 서른이 되기 전엔 꼭 하리라던 다짐을, 웬일로 실행한 날이었다. 나도 이제 사람답게 살아야지, 할 건 해야지. 곧 식어버릴 뜨거운 패기를 보호해야만 했다.

첫날엔 엑스레이를 찍고, 질퍽한 석고에 치아를 물리더니 곧이어 누운 사랑니를 뺐다. 며칠이 지나 다시 내원한 날엔, 치아를 본 뜬 석고모형을 두고 본격적인 상담을 했다. 의사 선생님은 치아가 가지런해질 때까지 족히 2년은 걸릴 거라고 말씀하셨고, 2년 후의 내 나이를 세며, 진작 할 것을 왜 이제야 온 걸까

낙심했다. 몇 년을 망설이던 사이, 누운 사랑니 덕분에 치아가 더 틀어진 까닭이다.

아파도 귀찮아서 병원에 가는 법이 없던 내가 달마다 치과에 들렀다. 한 쪽 이어폰을 빼고 내가 호명될 때까지 사람들 틈에 끼어 앉아있는 시간은 여전히 불편했으며, 기다란 의자에 누워 푸른 천으로 눈을 가릴 때마다 두 손을 꼭 포갰다. 진료를 받고 돌아와서는 치아 사진을 혼자 찍어두었다.

처음엔 치아와 치아 사이 공간을 만들어 괴이한 용수철 같은 걸 입 안에 설치하더니, 이젠 심지어 밥 먹고 양치할 때 빼고는 고무줄을 끼우고 생활하란다. 교정기 때문에 입이 툭 튀어나온 얼굴이, 밥 먹을 때마다 거추장스러워지는 모습이 아직도 익숙해지지 않는다. 한 달에 한 번, 약속한 날짜에 치과에 들르는 일도 번거로웠다. 도대체 언제쯤이면 불편한 교정기를 빼버리고 살아갈 수 있을지. 나는 교정을 시작한 날로부터 몇 달이 지난 지 잘 알면서도 매번 그걸 세고 앉았다. 그로부터 교정을 한 이력이 있는 사람들을 만나면 넙죽 존경하곤 했다.

어느덧 교정을 한 지도 벌써 1년이 흘렀다. 첫 달에 찍어둔 사진과 대조해보니, 치아는 처음과 다르게 훨씬 가지런해지고 있었다. 진작 할 걸, 뭐든 미루면 후회하는구나. 역시 불편하고 귀찮은 것들을 참고 겪어내야만 비로소 변할 수 있구나. 이때도 날씨가 추웠구나. 벌써 1년이란 시간이 흘렀구나. 천천히 변모하는 치아처럼, 느리더라도 나아지고 있었던 그 무언가를, 나는 겨우 흉측하면서도 귀여운 교정기를 보며 재인하는 것이다.

나이는 먹어가는데 아무것도 이룬 게 없다고 생각했다. 학창 시절에 꿈꿨던 내 모습은 어디에도 없다고 책망했다. 그러거나 말거나 내 인생이 제일 재밌다고, 또 나를 속이며 살았다. 사실 재밌긴 하다.

돌아보면 꽤 많은 것들을 남겼는데도, 나는 나를 진심으로 인정해 준 적이 없었단 사실을 뉘우친다. 꿈꾸던 기업들과의 협업, 전시와 강의, 서점에 비치된 나의 책과 소중한 독자들, 로망이었던 작업실과 낭만이 가득했던 여행지. 그리고 멀게만 느껴졌던 작가님들과 얼굴을 맞대고 이야기할 수 있게 된 것도, 여전히 내 곁에 소중하고 웃긴 친구들이 있는 것도.

누워서 휴대폰만 만지고 살았다면 모두 놓쳐버렸을 것들을 아등바등 이루고 지켜냈던 나를, 스스로 '게으른 사람'이라는 타이틀로 가두고 지냈으니, 자기 의심으로 만연한 세월을 지나 보내며 내 빛을 스스로 가린 셈이다.

'이게 네가 한 거냐, 다 사람들이 도와줘서 된 거지. 아직 너의 하찮음을 덜 들켰나 보군. 넌 떳떳해질 자격이 없어. 부족해. 그래도 행복한 줄 알고 살아라, 네 몫은 없지만.' '너는 곧 너에게 실망하게 될 거야. 그러니 기대조차 하지 마.' 나는 꾸준히 이런 가혹한 문장을 속삭이며 자신을 학대했고, 단 한 번도 제대로 존중해 주지 않았다. 누구도 비아냥대지 않았는데, 내가 부끄러워 구석을 찾아다녔다. 바보도 이런 바보가 없었다.

나는 실패작이 아니라고, 회복력을 가진 사람이라고, 분명 언제 어디서나 나아지고 있는 중이라고, 생각보다 아주 잘하고 있고 참 자랑스럽다고 말해주기까지 이렇게나 오래 걸렸다. 아마, 이 책을 쓰지 않았다면 더 늦게 깨달았을 것이다. 차기작을 내겠다고 마음먹었던 나를 칭찬한다. 아주 멋져. 굿.

이제 교정기를 빼기까지 1년이 남았다. 가지런해질 치아만큼 나도 더 선하고 올바른 목적을 향해 기울어지겠노라 결심한다. 그리고 간절히 기다린다. 이 책을 출간하고 다음 책을 쓸 때까지 더 자라날 나를. 또한 교정기를 빼고 시원하게 깍두기를 씹어 먹을 수 있을 그날을.

오히려 좋아,
가보자고

지방에만 근 십 년을 옮겨가며 살다가, 드디어 상경한다. 나의 첫 자취는 옷가지 하나 챙기지 않고 집에서 나온 날 시작되었고, 몇 개의 계절을 넘긴 지금은 차 한 대로는 절대 옮기지 못할 정도로 물건이 늘었다.

한껏 꾸며놓았던 작업실을 넘기고, 고대해서 구했던 저렴한 전셋집을 넘기고, 서울 월셋집으로 간다. 서울 집값 더럽게 비싸더라.

혼자 살 집을 구하다가, 친구들과 셋이서 함께 살기로 했다. 나에게 사랑과 여행을 알려준 친구들이다. 작년까지만 해도, 이곳에서 아무것도 이루지 못한 채 서울로 가는 걸 실패라 느꼈다. 이젠 새로운 출발이다. 잔류한 나를 더 찾고 앞으로 나아가는 일만 남았다.

분명 또 질리고 불편하고 귀찮아질 수 있다. 그러나 더 행복해질 수도 있다. 나를 기대하며 나아갈 수 있다.

다 짐

위버멘쉬의 삶
사랑을 표하는 용기
자신을 무시하는 오만한 자세에서 고쳐 앉기
지속하는 자기반성
낭만주의와 예술
선크림의 습관화
다이어트
조그만 기대
감사와 관용
외부와의 친밀감
어디선가 누군가는 울고 있다는 사실
언제나 진심일 것
그러나 어긋나도 그조차 괜찮을 것

원고를 마감하며

원고를 마무리할 때쯤이면 내가 어떻게 변할지 전혀 궁금하지 않았다. 드디어 다 썼다며 안도하고 있거나, 더 잘 쓰고 싶다며 아쉬워하거나 또 다른 일을 벌이고 있겠지. 그냥 있는 그대로 솔직하게 쓰면 될 거라는 막연한 포부로 펜을 들었다. 자료를 찾고 글을 채워가는 동안 수없이 직면한 나는, 내 안에 슬픈 어린아이를 제대로 돌보지 못한 채 커가는 어른이었다.

시작은 그저 작가 일홍과 정지은 사이의 괴리감을 좁히려던 도전이었고, 민낯의 부끄러움을 부수려던 발악이었다. 이런저런 핑계를 대며 미루고 미루어도 용인되었던 나를 바로잡기 위한 프로젝트의 일환이었다. 내가 내놓는 글이 쪽팔리고 나의 일상이 하찮다는 이유로 적기 시작했지만, 이제 와 보니 작가 일홍의 문장은 잘못이 없더라. 정지은은 지가 뭔데 그걸 쪽팔려 하고, 자기는 그런 사람이 아닌 마냥 익살스레 굴며 지냈을까.

자신의 존엄성을 무시하며 살았으니 내 고리에 내가 걸려 눈치를 봤던 것이다. 나 이렇게 오글거리는 사람 아닌데, 하면서. 결국 내가 내 글에 공감하지 못했던 것도 사랑과 낙관을 인정하고 수용할 노력조차 하지 않았기 때문이었고, 사랑에 기대어 사는 사람들을 나약하게 바라보았으며 삶을 비관하며 지냈기 때문이었다.

발전하는 기술, 빠르고 강하게 질주하는 사람들, 쏟아지는 미디어. 나는 이토록 편해진 세상이 불편했다. 시대에 도태되지 않으려면 나아갈 노력이 필요했지만, 알다시피 나는 노력하는 게 세상에서 제일 귀찮았다. 이건 뭐 낭만도 없고 성공을 위한 억지라고만 느껴졌으니. 나의 청사진이 과연 누구를 위한 것인지 무엇을 따라가려 애쓰는 것인지 돌아볼수록 생은 해로웠으며 나는 간절해지지 못했다.

순류를 따라 흘러가듯, 이지렁스럽게 사람 구실만 하며 사는 것. 행복은 그 순간마다 내가 찾아서 해먹는 것. 그러다 과거를 그리워하며 늙어 죽는 것. 무의미. 이렇게 삐뚤어진 자세로 긍정을 취했으니 무엇을 온전히 실현할 수 있었을까.

내가 왜 그토록 인간을 탐구한 학문에 파고들었는지, 우주나 바다 같은 자연에 혼자 몰두해있었는지. 내가 알았던 건지 몰랐던 건지도 잊어버리며. 외부의 감정을 수집하고 세상을 통해 나와 우리를 더 발견하여, 널리 돕고 싶었던 기특한 초심을 언제부터 잃어버리게 된 건지. 이제라도 다시 찾아야만 한다는 것을 이번 원고를 쓰며 다시금 깨달았다.

내가 아껴 읽던 소설 중 하나인《호밀밭의 파수꾼》에서 '홀든 콜필드'는 말 그대로 꼴통이다. 다니던

학교에선 네 번이나 퇴학을 당하고 방황하는 사춘기 학생, 어른들의 가식적이고 위선적인 모습에 환멸을 느끼고 어린아이들의 순수함에서 위로를 받는, 외롭고 겁이 많으며 지극히 냉소적인 아이. 그런 홀든의 꿈은 아이들이 호밀밭에서 안전하게 뛰어놀 수 있도록 절벽을 지켜주는 파수꾼이 되는 것이라 했다.

아이와 같은 마음으로 점점 성인이 되어가는 홀든, 갈망하는 것을 위해 대책 없는 길을 걷는 홀든을 보며 어린 시절의 나를 떠올렸다. 나 또한 많이 위태로웠고 나약함을 무기로 삐딱하게 지냈다. 비스듬한 자세로 바라본 바깥의 풍경은 기울어질 수밖에 없었다. 그러니 내게 각인된 세상은 한시도 아름답지 않았다. 나를 제대로 돌보거나 사랑하는 방법을 너무 늦게 알아버렸지만, 10대와 20대의 혼란스러운 시절을 지나오니 이제야 조금은 알 것 같다. 수련된 내면을 지닌 자들에게 나던 빛은 결국 사람과 사랑으로부터 나온 것임을. 나와 세상을 좀 더 이해하고 아끼는 나를 발견한다.

책에서 홀든은 말한다. “정말로 나를 황홀하게 만드는 책은, 그 책을 다 읽었을 때 작가와 친한 친구가 되어 언제라도 전화를 걸어, 자기가 받은 느낌을 이야기할 수 있었으면 좋겠다는 느낌을 주는 책이다.” 나는 이 구절을 평생 간직하며 써나가겠노라 다짐한다.

내가 느리게나마 분명한 어른과 진실한 작가로 자라날 수 있도록, 그 변변치 않은 과정을 함께 나눠준 당신에게 깊이 감사하며 살겠노라고. 닿지 않았던 서로의 마음을 만질 수 있도록, 우리가 다시 한번 기뻐질 수 있도록 전심을 다해 쓰겠노라고. 심살내린 우리의 밤을 예술로써 밝히겠노라고 말이다.

마 치 며

많은 것들을 버리고 홀연히 떠나온 서울에서 이 글을 마무리하고 있습니다. 그간 신기한 일이 참 많이도 생겼어요. 평생을 게을리 살다가 고꾸라질 거라 비관하며 지내던 나는, 이제 주변을 깔끔히 정돈하고 귀찮은 일을 피하지 않는 사람이 되었습니다. 용기를 내어 사랑을 전하고 순간을 더욱 아끼는 사람이 되었습니다. 다시 앞으로 나아갈 수 있는 사람이 되었습니다. 나도 변할 수 있는 사람이었습니다.

그러니 이제는 믿습니다. 나도 당신도 무엇이든 할 수 있다고요.

엉킨 마음을 풀고 새로 태어난 듯한 하루를 살아

가는 중에도, 자주 귀찮고 두렵습니다. 그러나 나는 나라서, 우리는 우리라서 가능한 것들이 도처에 널렸다는 사실을 명심합니다. 성장통은 끊임없이 찾아오고 우리는 잠시 무릎을 굽히더라도 이내 힘을 내어 각자의 정상에 도달할 것입니다. 이 책 곳곳에 주워 담은 나의 치기 어린 날들을 안아주고 앞으로 나아갈 나를 지지해 주기로 했거든요.

나와 함께 숱한 시간을 겪어준
당신에게 진심으로 감사합니다.
덕분에 나는 더 반성하고
덜 부끄러울 수 있습니다.
덕분에 오늘이 소중합니다.

부지런히 사랑하며 살아요, 우리.

Q. 어떤 분들에게 이 책을 추천하고 싶으신가요?

A. 스스로를 사랑하라는 말이 지겨웠어요. 똑같은 말, 비슷한 문장들에 거부감이 들었어요. 잠시 스쳐갈 위로 따위는 내게 와닿지 않았어요. 현실은 바뀌지 않을 테니까요.

와중에도 나는 계속 살아갔어요. 밥 먹고 잠을 자고 한숨을 쉬고 무언가를 쫓으면서, 쫓기는 기분을 억누르면서. 웃다가 침묵하다가. 그렇게 하루를 채우다 보면 나를 돌아볼 시간이 부족해져요. 그리고 이유를 잃어가요. 혹자는 생각이 너무 많으면 안 된다던데, 나는 괜한 생각으로 가득한 사람이었어요. 어쭙잖은 허영심과 열등감, 트라우마와 합리화, 쓸데없는 고집과 허상, 불안. 나는 그것들에 에워싸인 채 점점 희미해졌어요. 무엇이 무엇인지 모르는 채로 말이에요.

나를 귀찮게 만드는 것들이 불편했어요. 잘 살아가는 사람들과 나는 태초부터 다르다고 선을 그었어요. 바뀌려 해도 바뀌지 않을 땐, 그토록 원하던 것도 바라지 않게 되더랍니다. 노력과 지속은 여전히 어려웠고, 포기는 쉬워졌어요. 자신감과 자존감을 자주 혼동하며 삶을 애써 지탱했어요. 나를 아끼지 않았죠. 그냥 다 귀찮았으니까요.

모두가 이해되었다가도 모두에게 환멸을 느꼈고, 이리저리 널브러져 복잡해졌다가도 금세 단순해졌어요. 그렇게 잊힌 것들이 많아요. 돌보지 못하고 내게 숨어든 기억, 고치고 싶지만 고쳐지지 않는 지독한 버릇. 어디에서부터 어떻게 쌓여서 내가 된 건지, 모르고 살아간다면 나는 또 그대로겠죠. 회피하고 방어하며 나를 진정으로 아끼지 못하겠죠. 혹시 당신도 이럴 때가 있을까 봐요. 그래도 멀쩡한 척 단순한 표정으로 살아갈까 봐요. 그러나 나와 같이 용기를 낼 수 있을까 해서요.

Q. 이 책에서 가장 아끼는 문장을 꼽는다면요?

A. 문장 하나를 고르는 일은 참 어렵네요. 다른 책들에선 잘만 뽑아내면서 내 책은 뭐가 그리 어려울까요. 짬뽕과 짜장면을 고르는 것처럼 간단하지 않아서 한참을 고민했는데도 꼽지 못했습니다. 그저 이 책을 쓰며 출구와 같은 결말에 다다를 때, 그 순간을 가장 아낍니다. 온갖 허무가 낙관으로 점차 변할 수 있었던 희망을 아낍니다. 그것을 당신과 나누고 싶다는 소망을 무척 아낍니다.

Q. 작업하는 과정에서 가장 고민했던 지점은 무엇일까요?

A. 모순과 오류를 범하진 않았는지. 나의 치부를 어디까지 드러내는 게 좋을지. 내가 나를 또 모른 채 마음에도 없는 말을 쓰고 있진 않은지. 결국 다른 책들과 비슷한 서사를 가졌지만, 어떻게 해야 더욱 친밀한 마음으로 읽힐 수 있을지. 이렇게 썼지만 내일이면 또 달라질 변덕에 대해 줄곧 고민하며 작업했습니다. 가볍게 읽히되 몇 장의 그림처럼 오래도록 각인되길 바랐습니다.

Q. 이 책에서 못다 한 이야기가 있을까요?

A. 극한의 게으름뱅이인 내가 과연 잘 살아갈 수 있을까요. 나약하고 물렁한 나도 변할 수 있을까요. 생의 가치를 잃을 때마다 사라지고 싶은 마음이 간절했지만, 나는 겁이 많은 아이였습니다.

아파트 옥상에 서서 앙상한 나무들을 내려보다가 뒤돌던 나는, 음침한 골목길에서도 두 귀를 숨기고 천천히 걷던 나는, 처음부터 이럴 용기도 저럴 용기도 없었습니다. 멀쩡한 어른으로 살아낼 자신도, 용감하게 사라질 만큼의 고통도 없었던 것입니다.

그러나 담대하게 살아낼 희망은 종종 찾아왔습니다. 나의 행복을 바라던 사람들이, 나의 불안을 망가뜨리던 사랑들이 그랬습니다. 사람과 사랑의 발음이 비슷한 건 다 뜻이 있었던 걸까요.

Q. 이 책으로 작가님을 처음 알게 된 독자에게 해주고 싶은 이야기가 있다면요?

A. 최근에 인터넷으로 MBTI 검사를 했는데, 내향형 100%가 나오더라고요. 결과를 보곤 저도 친구들도 놀랐어요. 99%도 아닌 100%라니. 물론 정식 검사가 아니라 정확하지 않겠지만요. 얼마 전엔 오랜 친구가 그러더라고요. "내가 아는 너랑 네가 쓴 글이랑 너무 달라서, 내가 너를 너무 모르는 걸까 싶었어. 내가 아는 지은이는 되게 밝고 사람들과도 잘 어울리는 유쾌한 앤데." 작가라면 이런 소리 한 번쯤은 듣고 살 거예요. 보이는 것과 보이지 않는 것. 들었던 말과 듣지 못한 말. 남들은 모를 마음이 일기장에 적히는 것처럼요. 그렇게 적은 일기가 나를 모두 대변하는 건 아닌 것처럼요. 그것도 저것도 모두 다 나였다가 내가 아니었다가 해요. 어느 하나만 내 모습은 아니니까요. 독자님은 어떤 사람인가요. 어떻게 드러나는 사람이고 어떤 걸 누르며 살아가나요. 십 년 전의 일기와 오늘의 일기는 어떻게 다른가요. 그리고 어떤 게 왜 중요한 사람인가요. 하고 싶은 이야기보다 묻고 싶은 게 많아집니다.

매년 알게 모르게 내 모습은 조금씩 변하고 또 다른 혼돈이 찾아와요. 원하는 게 달라지고 놓아준 것들도 늘어납니다. 지나고 나면 과거의 내가 낯설어질 때도 많죠. 흘러간 시간이 허송세월처럼 느껴지더라도 결국 뭐든 하면서 살아왔다는 걸 느끼곤 해요. 그렇게 당당했던 내가 얼마나 부족했던 사람인지, 그렇게 부족하다 꾸짖었던 내가 얼마나 기특한 사람이었는지 뒤늦게 알아차리곤 했어요. 그리고 굳이 겁먹지 않아도 되었을 일들도 떠오르죠. 그나마 내가 잘했던 건, 이미 찾아온 일에 대한 두려움은 없었던 거예요. 겪게 된다면 충분히 느끼고 겪으려 했어요. 어쨌거나 글과 그림으로 치환할 수 있었으니까요. 그게 내 유일한 무기였어요.

언제부턴가 저는 혼자서 매일 중얼거려요. "할 수 있다, 할 수 있다, 할 수 있다." 그러면 할 수 있을 것만 같아요. 여기까지 읽어내신 독자님도 뭐든 용기를 잃지 않았으면 좋겠어요. 그게 일이든 사랑이든 사람이든. 선택만이 결과를 만들 테니까요. 그래요, 우린 할 수 있어요. 사실 지금 저는 또 체력이 바닥나서 누운 자세로 적고 있는데요. 그래도 곧 일어날 거예요.
서로를 응원하며 작은 것부터 해내는 거예요.

Q. 앞으로의 계획이 있을까요?

A. 매년 연말이 되면 미리 새 다이어리를 주문해요. 새해를 맞이해 일 년의 계획을 세우고 지난해를 되돌아봐요. 주변인들에게도 새해의 목표를 물어본 후 대신 적어둡니다. 한 해가 지나면 그들은 자신이 일 년 전에 무엇을 말했는지 대부분 잊어버려요. 그중엔 이룬 것도 있고 바뀐 것도 있죠. 그러나 이루지 못했더라도 버릴 시간은 하나도 없었어요.

저는 올해 '나를 위해 투자하기, 불필요한 곳에 낭비하지 않기.'라고 적어두었는데요. 작년엔 '귀찮아하지 않기.'라 적어놓고 자주 귀찮아했습니다. 이번엔 어떻게 될지 모르겠네요. 곧 또 차기작을 준비할 거예요. 하고 싶고 할 수 있는 것들을 할 거예요. 그 외에도 손길이 닿는 일들을 하나씩 해 보려 해요. 겁내지 않을 거예요. 많이 웃고 슬퍼할 수 있는 일들을 만들 거예요. 나를 믿으면서요.

비우고 채우며 살아갈게요. 오늘 더 용감해질게요.
그리하여 당신에게 더 깊이 닿을 글과 그림으로
찾아갈게요.

잘 살고 싶은 마음이 어렵게 느껴질 때

초판 1쇄 발행 2023년 03월 23일
초판 3쇄 발행 2023년 04월 25일

지은이 일홍
펴낸이 김상현

기획편집 전수현 김승민 **디자인** 이현진
마케팅 송유경 모강빈 김은주 조원희 김예은
경영지원 홍성현 정주연 오한별

펴낸곳 (주)필름
등록번호 제2019-000002호 **등록일자** 2019년 01월 08일
주소 서울시 영등포구 양평로30길 14, 세종앤까뮤스퀘어 907호
전화 070-8810-6304 **팩스** 070-7614-8226
이메일 book@feelmgroup.com

필름출판사 '우리의 이야기는 영화다'

우리는 작가의 문체와 색을 온전하게 담아낼 수 있는 방법을 고민하며 책을 펴내고 있습니다.
스쳐가는 일상을 기록하는 당신의 시선 그리고 시선 속 삶의 풍경을 책에 상영하고 싶습니다.

홈페이지 feelmgroup.com **인스타그램** instagram.com/feelmbook

ISBN 979-11-982493-0-2(03810)